ATTRAPE-CHAT

LES ASSASSINS À MOUSTACHES, TOME 3

SKYE MACKINNON

Traduction par
LORRAINE COCQUELIN , VALENTIN TRANSLATION

Peryton Press

RÉSUMÉ

Cinq signes trahissant une chatte en chaleur :
  – se frotte contre tous les mâles
  – s'extasie devant les chatons
  – dévoile ses atouts le plus souvent possible
  – se laisse facilement distraire
  – perd tout intérêt pour les assassinats
  Que l'on m'achève, ça va être l'enfer.

Voici le troisième tome de cette série d'urban fantasy "ronrondement" menée et excitante. Il s'agit d'un harem inversé, où Kat n'aura donc pas à choisir son compagnon.

NOTE DE L'AUTEURE

Quelques petites remarques avant de commencer…

Comme vous le savez déjà depuis deux livres, cette série se déroule dans un monde très similaire au nôtre, avec toutefois quelques différences significatives. La technologie ne s'est pas développée au même rythme, alors même si vous reconnaîtrez certains appareils que vous utilisez quotidiennement, tels que la télévision, il n'y a ni téléphone portable, voiture ou Internet. Pas d'armes à feu non plus.

Ce livre est dédié au *Terrace Coffee House*, sans qui bon nombre de mes manuscrits ne seraient jamais rédigés.

Merci pour toute la chantilly sur mes chocolats chauds.

Pour connaître toutes les mises à jour, vous pouvez souscrire à la newsletter de Skye : skyemackinnon.com/francais.

CHAPITRE 1

— *I*l faudrait vraiment que tu te rases.

Je fixe Lily, stupéfaite, mais trop fatiguée pour comprendre ce qu'elle me dit. Depuis quand me donne-t-elle des conseils en matière d'hygiène personnelle ?

— Sérieux, regarde-toi dans le miroir et prends un rasoir. Mais pas le mien.

Elle repart de sa démarche gracieuse, ondulant des hanches comme la succube qu'elle est. Depuis son retour de la convention, elle exhibe sa séduction et ses atouts. C'est un miracle que personne dans cette maison n'ait encore couché avec elle. Enfin, j'espère.

Gémissant, je descends de mon hamac. Bien que j'aie beaucoup dormi ces trois derniers jours, cela me semble toujours insuffisant. Mon corps est en train de changer, malgré moi, et je ne sais pas comment interrompre le processus. En ce moment, seul Ryker peut comprendre ce que je dis. Je miaule encore chaque fois que j'ouvre la bouche, donc autant dire que je parle très peu en ce moment. C'est trop frustrant de tous les voir s'empêcher de rire face à mes miaulements frénétiques. Ah, et il y a les ronronnements, aussi. Mon corps les émet dès que je ressens le moindre soupçon de bonheur. Voilà pourquoi je me tiens à l'écart des hommes. Ils n'ont pas besoin de savoir qu'ils me rendent heureuse. Ryker est la seule exception à la règle de l'exclusion, puisque j'ai besoin de lui pour traduire.

Même si je n'ai jamais été du genre bavarde, savoir que j'ai besoin de quelqu'un d'autre pour transmettre mes messages me fait réfléchir deux fois plus avant de parler, afin de déterminer ce qu'il est vraiment nécessaire de dire. Étonnamment, il ne reste pas grand-chose. Mes employés savent quoi faire, ils n'ont pas besoin d'aide ou d'encouragement. Ils gèrent la boutique pendant que je suis… indisposée. Jusqu'à présent, aucun d'eux ne m'a fait part d'un problème, ce qui signifie soit qu'il n'y en a aucun, soit qu'ils ne veulent pas me déranger. Ou bien qu'ils ont peur de moi. Qui sait ?

Le conseil de Lily à l'esprit, je m'approche du miroir poussiéreux, pendu à un crochet sur l'un des piliers soutenant mon hamac. Je ne m'en sers jamais. La vanité, c'est pour les faibles. La seule chose qui m'importe, c'est d'avoir l'air menaçante au besoin. Je n'ai pas besoin d'être jolie.

Malgré tout, je pousse une exclamation de surprise en voyant mon reflet. C'est un cauchemar. Mon visage est couvert de poils noirs comme la nuit, de la même teinte que ma fourrure de panthère. Sauf que, sous forme humaine, je ne devrais pas avoir de poils sur le visage. Et mes yeux ne devraient pas non plus être cerclés de jaune.

Suis-je en train de devenir une sorte d'hybride ? Mi-panthère, mi-femme ? C'est ce que j'ai toujours été au fond de moi, surtout depuis que je n'ai plus mon collier, mais ça ne devrait pas se voir. J'ai besoin de me fondre dans la masse. Je ne peux pas faire mon travail si j'ai l'air d'une mutante.

Un rasoir. Lily m'a dit d'enlever tout ça. Où ai-je mis le mien… Je ne m'en suis pas servi depuis une éternité. J'ai très peu de poils, et je me fiche à vrai dire des rares que j'ai sur les jambes. Personne ne les voit quand je porte mon pantalon en cuir noir. En cet instant, pourtant, il faut vraiment que je fasse quelque chose contre ma pilosité.

Je me passe la main sur les joues. C'est vraiment de la fourrure. Le rasoir ne pourra rien y faire. J'ai même des poils noirs sur le front, de la longueur de l'ongle de mon petit doigt. J'ai l'air d'une chatte sur deux jambes. Je frémis. C'est un cauchemar.

Même mes dents me paraissent différentes. Je passe la langue sur mes incisives. Tranchantes. Pointues. Panthère.

Gémissant, je retourne dans mon hamac. Je ne quitterai pas le grenier aujourd'hui. Peut-être que tout sera comme avant, demain. L'espoir fait vivre, même un assassin.

Je sens l'odeur de Ryker avant de voir sa tête apparaître à la trappe du grenier. Je l'ai laissée ouverte par flemme de la refermer. Je tourne le dos à mon visiteur et remonte ma couverture sur ma tête. Je ne veux pas qu'il me voie comme ça. Je devrais peut-être me transformer, mais qui sait ce qu'il se passerait ? Si ça se trouve, je me retrouverais en panthère sans fourrure, pourvue d'une peau humaine. Ce serait pire que d'être une humaine poilue.

— Lily m'a dit que tu pourrais avoir besoin de compagnie, lance Ryker sur un ton jovial.

Cette garce. Elle pense vraiment que j'ai envie qu'on me voie dans cet état ? Il faut qu'elle remette les pieds sur terre. Personne n'est aussi exhibitionniste qu'elle.

— Dégage, miaulé-je.

Au moins, je peux parler à Ryker. Il comprend mes miaulements, même sous forme humaine.

— Euh, non, désolé. Je m'ennuie.

Génial. Un chat qui s'ennuie. Il n'y a rien de pire. En général, ça se termine en rideaux détruits et sachets d'herbe à chat déchirés.

Il s'affale sur le pouf poire orange, dans le coin de la chambre. Mon tout dernier achat, livré il y a deux jours à peine.

Mais je n'ai pas franchement été d'humeur à en profiter. À vrai dire, je m'y suis assise une seule fois, puis j'ai décidé que mon hamac serait plus agréable pour me morfondre.

— C'est confortable. Maintenant, dis-moi ce qui ne va pas.

Je renifle.

— Tu veux dire à part le fait que je suis coincée dans cet état ? À part le fait d'être au courant de ce que je sais ?

Il pouffe, ignorant mon sarcasme.

— Oui, à part ça. Nous trouverons une solution, ne t'en fais pas. Tu redeviendras normale en un rien de temps.

— Je ne serai plus jamais normale. Toute ma vie n'est qu'un mensonge. Je ne suis même pas réelle.

Je l'entends se lever et s'approcher. Il est si près que je perçois son odeur enivrante. J'essaie de ne pas l'inhaler, car elle est trop intense et me pousse à vouloir des choses inappropriées. Depuis qu'il est devenu humain pour la première fois, son odeur a changé. Avant, quand il était un chat, il n'intéressait pas mes ovaires. Maintenant, quand il est aussi proche, je dois ravaler ces émotions que je ne veux pas éprouver.

Il pose sa main sur mon épaule, et je fais de mon mieux pour ne pas tressaillir. Je ne veux pas qu'il me touche. Je suis un clone, une abomination, et en plus, je suis couverte de fourrure à l'heure actuelle. Je veux rester seule et m'apitoyer sur mon sort.

— Qu'est-ce qui ne va pas ? répète-t-il. Parle-moi, Kat. Tu n'as pas à affronter ça toute seule.

Je garde le silence. Il n'y a rien à dire. Il a tort. Bien sûr que je dois affronter ça toute seule. Quand je serai redevenue normale, je retournerai à la tanière de la Meute pour découvrir la vérité sur mon héritage, voir s'il y en a d'autres comme nous, des clones, puis j'arrêterai ces ordures une bonne fois pour toutes.

— Comment va Mini-Kat ? demandé-je, plutôt que de répondre.

— Bien, aux dernières nouvelles. Elle aimerait te voir.

Mon clone – non, pas mon clone, puisqu'elle n'est pas modelée à mon image, après tout – séjourne chez la tante de Gryphon pendant que je me rétablis. Je n'ai jamais rencontré cette dame, mais si Gryphon me dit qu'elle est digne de confiance, alors ça me va. Aucun de nous ne s'y connaît en enfants. Benjamin en est presque encore un lui-même, Bethany est terriblement immature et Lily, ma commandante en second, est trop occupée à diriger *Miaou*. Ryker, Lennox et Gryphon ne quittent pratiquement plus le QG, mais ils n'ont pas non plus l'étoffe de parents, même si la petite se comporte parfois comme une adulte. Mini-Kat n'a jamais eu d'enfance, n'a jamais eu le droit de jouer. Gryphon nous a dit que sa tante peut aider la petite fille à s'adapter à la vie normale. Rose. Tante Rose. Elle a deux filles, donc elle sait ce qu'elle fait.

— Est-ce que je peux lui dire de venir te voir ?

— Non ! m'écrié-je, sur un ton plus rude que je n'en avais l'intention.

Ryker n'a pas encore vu mon visage. Si c'était le cas, il comprendrait. À condition que j'aie envie de le lui montrer.

— D'accord, ne t'énerve pas. Réservons la visite au jour où tu te sentiras mieux. Comment va ta poitrine ?

Je me frotte le sternum à l'endroit où Gryphon m'a cassé deux côtes en me ressuscitant. Mon corps ne guérit pas aussi vite qu'il le devrait. Je suis brisée et je ne sais pas comment me réparer moi-même.

— Mieux, affirmé-je, bien qu'il s'agisse d'un mensonge.

Parce que ça me fait toujours un mal de chien quand j'y touche.

— J'espère que Gryphon ne se sent pas coupable pour ça, si ?

Ryker rigole.

— Je crois qu'il arrêtera de culpabiliser le jour où tu seras alerte, en bonne santé et joyeuse. Lennox s'en veut aussi. Toute cette maison est remplie d'apitoiement et de haine de soi.

Il a l'air amer. Je me rends compte à cet instant que nous n'avons jamais vraiment parlé de sa nouvelle vie humaine. J'ai juste assimilé le fait qu'il peut se transformer, maintenant qu'il a trouvé sa part humaine.

— Comment vas-tu ? lui demandé-je doucement.

Il me serre l'épaule.

— C'est perturbant. Je pensais que ce serait dur de marcher sur deux jambes, de parler avec des humains, mais en fait, j'ai l'impression de l'avoir fait toute ma vie. Par contre, je n'aime toujours pas me regarder dans le miroir. Ce visage n'est pas le mien. Dans mon esprit, je suis toujours un chat.

— Ça nous fait un point commun, marmonné-je. Je n'ai pas non plus envie de me regarder dans le miroir.

— Montre-moi, me prie-t-il d'une voix douce qui percute mes sens en même temps que son odeur.

Je me tourne malgré moi, écarte les cheveux de mon visage et le laisse me regarder.

Je m'attendais à de la surprise. Du dégoût. De l'horreur face à ma laideur. Cependant, il tend lentement la main vers ma joue pour la caresser.

— Tu es belle, souffle-t-il. Magnifique.

Ce n'est pas la réaction que j'aurais pu imaginer. Je ne sais pas quoi répondre. Je le dévisage, confuse.

Il pouffe.

— Tu pensais que j'allais fuir en courant ?

J'opine, incapable de parler sous l'intensité de son regard.

— Tes yeux sont encore plus brillants, murmure-t-il en s'agenouillant afin d'être au même niveau que moi.

Sa bouche est proche de la mienne, bien trop proche, mais je suis coincée dans mon hamac, incapable de bouger.

— Tu es belle, répète-t-il. Tu ne devrais pas essayer de cacher ton félin. Tu es les deux, chatte et humaine, et tu dois lui donner la place nécessaire pour qu'elle se déploie. Surtout maintenant.

— Surtout maintenant ? répété-je, confuse.

Il hausse un sourcil.

— Tu ne le sais pas ? Je l'ai senti à près d'un kilomètre.

— Quoi ?

— Ça veut dire que ça ne se produit pas chaque fois ? C'est la première fois que tu as de la fourrure sur le visage ?

— Je ne sais pas du tout de quoi tu parles, répliqué-je, ravalant mon grognement de frustration.

S'il ne me dit pas tout de suite ce qu'il se passe, je vais lui arracher la tête avec mes dents très pointues pour une humaine. À moins qu'il n'y ait d'autres parties de sa personne plus faciles à arracher avec les dents.

— Œstrus, répond-il gentiment. Ce n'est sans doute pas la première fois.

Bien que ce mot me paraisse familier, je n'ai pas envie de penser à sa signification probable.

— Tu es en chaleur, explique-t-il, confirmant mes craintes. Je croyais que tu le savais.

Il se racle la gorge.

— Comment peux-tu l'ignorer ? Tous les chats des environs doivent le savoir, maintenant. Ton odeur est assez puissante.

Je le fusille du regard.

— Tu veux dire que je pue ?

Il grimace.

— Non, tu ne pues pas. Tu as l'odeur de la plus parfumée des roses, à la fois délicate et forte, pleine de promesses de beauté et de bonheur.

Il m'adresse un petit sourire, teinté d'embarras.

— J'ai demandé à mes chats de faire passer le message comme quoi tu n'es pas une femelle normale, que tu es intouchable, mais il y a quand même une dizaine de mâles qui marquent leur territoire dans le jardin.

Je ferme les paupières pour fuir cette situation. Moi qui pensais que ça ne pouvait pas être pire. Je me trompais.

Je suis en chaleur. Ce qui explique la fourrure, les miaulements, le malaise que je ressens dans ma propre peau. Peut-être que cela explique aussi le rêve que j'ai fait quand j'étais inconsciente, celui où je faisais l'amour avec Gryphon sur le parquet. J'en aurais rougi si mes joues n'avaient pas été recouvertes de poils.

— Comment ? balbutié-je. Pourquoi ?

— Je ne suis pas un expert, répond-il, évasif, mais je pense que ça a été déclenché par le collier. Ou peut-être par le fait que tu as failli mourir. Peut-être que ton corps a réalisé qu'il est temps que tu transmettes tes gènes.

J'ouvre les yeux juste à temps pour voir son sourire amusé.

— Je ne vais pas avoir une portée de chatons, protesté-je. Mon corps peut arrêter d'être en chaleur et revenir à la normale. Avoir une progéniture ne m'intéresse pas.

Le sourire de Ryker ne fait que s'élargir à mes mots.

— Je crois que les humains ont des méthodes pour t'empêcher d'avoir des chatons. Tu n'as pas besoin de tomber enceinte pour aller mieux.

Je le fixe du regard.

— Tu veux dire que j'ai besoin de coucher pour aller mieux, par contre ?

Je pointe du doigt mon visage poilu.

— Pour faire disparaître ça ?

— Je pense, oui. On ne peut pas dire que j'aie de l'expérience en femelles métamorphes en chaleur, mais c'est ce qu'il se passe pour les chats normaux. Si tu fais traîner, si tu ne cèdes pas à tes besoins, tu vas devenir folle et te frotter à tous les meubles, uriner à tous les coins de rue, hurler toute la nuit, et tout ça. Mieux vaut que tu règles ça maintenant avant que ça empire.

— Ça me paraît mal, marmonné-je. Coucher pour me sentir

mieux. J'aurais l'impression d'exploiter le type qui finirait dans mon lit.

Son sourire faiblit.

— Ça ne devrait pas être la seule raison. Je connais au moins trois hommes dans cette maison qui seraient ravis de t'aider.

Là, je suis sûre qu'il me voit rougir malgré ma fourrure. Trois hommes. Comment en est-il venu à cette conclusion ?

Lennox, il est sans doute déjà au courant pour lui. Gryphon… ai-je parlé à mon réveil ? Ai-je gémi alors que, inconsciente, je rêvais de lui ?

Et qui est le troisième ?

Est-ce que c'est… ?

Ryker pose ses lèvres sur les miennes.

CHAPITRE 2

*P*our quelqu'un n'ayant jamais embrassé avant, ou jamais une humaine en tout cas, il est extrêmement doué. Ses lèvres sont douces et malléables, bien que son baiser soit dur et passionné. Il prend mon visage en coupe, me rapprochant de sa bouche. Je me rends à peine compte qu'il touche mes joues poilues, tant le baiser, intense, m'empêche de me concentrer sur autre chose. Nos langues entament un duel à mort, nos souffles se mélangent, halètements brefs.

Tout mon corps me démange de l'envie d'être touchée. Je m'agrippe au dos de Ryker, l'attirant encore plus près, mais tout à coup, le hamac se retourne et nous nous retrouvons au sol, moi sur lui, ses mains toujours sur mon visage, nos lèvres toujours scellées.

Un rire monte dans sa gorge et je souris, sans interrompre le baiser pour autant. J'en suis incapable. Ma peau est en feu, elle a besoin d'être touchée, d'être caressée. Je gémis quand il glisse les mains sous mon tee-shirt. Oui. C'est ça. Encore. J'en veux plus, bien plus.

— Prends-moi, soufflé-je avant de dévorer à nouveau sa bouche.

C'est moi qui contrôle à présent, qui détermine le rythme. Je chevauche Ryker, l'allongeant à plat sur le sol, me frottant contre ses hanches, contre sa virilité. Mes ongles se transforment en griffes, pointues, brutales, et je déchire son tee-shirt, laissant des marques rouges sur sa peau sombre. Il peut le supporter. Il est un chat, il sait que nous pouvons nous montrer sauvages au moment de l'accouplement.

Son torse est puissant, ses abdos ressemblent à ceux d'une statue de marbre noir. Je fais courir mes doigts sur sa peau douce, savourant la sensation. Il rive ses yeux jaunes aux miens, fasciné.

— À moi, grogné-je en m'arrachant mon haut, soutien-gorge inclus, jusqu'à me retrouver nue jusqu'à la taille devant lui.

Ma peau est recouverte de fourrure noire, qui scintille sous la faible lumière, mais je m'en fiche. Voir la prédatrice que je suis ne fait que m'exciter davantage. Je suis une chasseuse, et lui, ma proie.

Je me penche à nouveau vers lui pour l'embrasser. Nos bouches se cognent, à l'instar de nos dents, de nos langues. Ce n'est pas une danse romantique, c'est un combat, une lutte pour la domination.

Tout à coup, je me retrouve sur le dos avec Ryker au-dessus de moi, son corps massif me coinçant au sol. Il attrape mes poignets, les place au-dessus de ma tête, m'exposant à son regard. Je plonge dans ses iris ambrés, un mélange de miel et d'or. Je pourrais lutter contre sa poigne, et sans doute gagner, mais je veux voir ce qu'il compte faire. Il me décoche un grand sourire, puis il prend mon téton dans sa bouche, le suce, le tète, le mordille. Je gémis, demandant plus de cette douleur exquise. Il saisit l'encouragement et me mord la poitrine, enfonçant ses dents dans ma peau. Je me tords sous ses caresses, grognant de la pure extase qui parcourt mes veines et chaque centimètre de mon être jusqu'au bout de mes orteils.

J'ai besoin de lui en moi. Tout ceci ne me suffit pas.

Il me mord l'autre sein, laissant sa marque sur moi. Je sens du sang couler sur ma peau, et cela me fait gravir de nouveaux échelons de plaisir. Cette douleur mêlée de bonheur provoque de nouvelles sensations dans mon esprit tordu.

— À mon tour, grogné-je en inversant nos positions.

Ryker inspire vivement, surpris que ma force égale la sienne. Je me tourne, m'accroupissant de sorte à avoir les cuisses autour de ses côtes et les yeux rivés sur son entrejambe, mon gros lot. Je découpe son jean, un peu plus prudemment que je ne l'ai fait avec son tee-shirt. Mes griffes sont assez pointues pour que ce ne soit pas un problème.

Je souris alors que la prédatrice en moi remonte à la surface. Le voilà. Son membre dur et prêt pour moi. Sans cesser de sourire, je pose les bras sur ses cuisses afin de m'approcher encore. J'embrasse la pointe du sexe, lèche les premières gouttes de désir. Ryker gémit et essaie de bouger, mais je resserre les cuisses, m'assurant qu'il reste dans la même position.

Je le prends dans ma bouche, mais sans douceur. Mes dents effleurent sa peau, déclenchant chez lui des sons qui m'encouragent à l'enfoncer davantage dans ma bouche, à l'avaler presque. Ses hanches tressautent, manquant de m'étouffer, mais j'adore, j'adore chaque moment de cette étreinte.

Les picotements de mon corps se sont mués en flammes qui me brûlent les veines, gommant toute retenue que j'aurais pu avoir. Je me redresse, fais en un coup de griffes un trou dans mon jogging, arrache ma culotte et m'abaisse vers lui. Il gémit de surprise, et j'insiste, l'accueillant plus loin, sans me laisser le temps de m'adapter à sa présence. Il est gros, presque trop, mais j'ai besoin… *désespérément* besoin… de cette douleur.

J'ondule les hanches, d'abord lentement, puis vite, le baisant, le prenant, le revendiquant.

Nos gémissements et halètements se mêlent dans la plus

douce des musiques, formant un baume sur mon cœur, me transportant jusqu'à des sommets de plaisir inédit, avant que je ne retombe comme une fontaine dans ses bras, liée à lui.

❋ ❋ ❋ ❋ ❋

Des yeux froids me dévisagent. Je ne reconnais pas l'homme. Le bas de son visage est caché sous un masque ; cependant, ses yeux suffisent à me faire trembler d'effroi. Ses pupilles noires reflètent le mal, ses iris bleus, le froid glacial. J'essaie de bouger, mais du métal autour de mes poignets et de mes chevilles m'en empêche. Je me débats contre les liens, me rappelant vaguement m'être déjà trouvée là, n'avoir jamais réussi à m'échapper. Je suis piégée.

— Ne t'en fais pas, ce sera bientôt terminé, murmure l'homme.

Toutefois, cela ne me rassure pas. Au contraire, la peur paralysante que cela me provoque est pire.

— Et tu ne te souviendras de rien.

Le coin de ses yeux se plisse, trahissant le sourire caché par le masque.

Non, je ne dois pas oublier. Des filets de souvenirs volettent dans mon esprit, je me rappelle être venue ici, avoir entendu les mêmes paroles, à plusieurs reprises. Je ne peux pas oublier, cette fois-ci. Je ne dois pas. Si j'oublie, je deviens vulnérable. L'ignorance peut conduire à la mort.

L'homme tend le bras et tire quelque chose du plafond, une sorte de machine. Une lumière brille, trop lumineuse, et je ferme les yeux, même si j'ai le sentiment que je devrais regarder tout ce qu'il se passe. Si je ne peux pas voir, je ne peux pas me souvenir.

— Ça va sans doute faire un peu mal, dit l'homme, amusé.

Puis du métal froid touche mon front et le monde explose en une multitude de hurlements.

❋ ❋ ❋ ❋ ❋

Un cri me réveille en sursaut. Je regarde autour de moi, cherchant le danger, la victime, mais la seule autre personne dans la pièce, c'est Ryker, dont le corps est blotti contre le mien.

— Chhhut, souffle-t-il en m'encourageant à me rallonger entre ses bras. Tu as fait un cauchemar.

— Mais quelqu'un…

Oh. C'est moi qui ai dû crier. L'embarras m'embrume l'esprit. Je ne crie jamais. Je refuse que quiconque découvre mes cauchemars.

— Tu veux en parler ?

Sa voix est douce et gentille, à l'instar de son regard, compatissant.

Je secoue la tête.

— Je ne m'en souviens même pas.

Il opine en souriant.

— Ta fourrure a disparu.

Je me touche les joues, surprise malgré sa déclaration. Ma peau est douce, sans trace des poils qui la recouvraient avant que je m'endorme. Si j'en suis contente d'une certaine façon, en même temps, je me souviens du regard plein de ferveur de Ryker, de son désir passionné malgré, ou à cause de mon côté félin, et je souhaiterais presque retrouver ma fourrure. Ma faim est à peine apaisée, malgré les heures que Ryker a passées en moi. Une agréable douleur à l'entrecuisse me rappelle ce que nous avons fait, la façon dont nous nous sommes liés l'un à l'autre.

De manière assez étonnante, je me sens bien dans ses bras. Blottie contre lui, je me reconnais à peine. Je ne suis pas du genre câline. Je ne fais pas ça. Et je m'endors encore moins dans l'étreinte d'un homme. Qu'est-ce qui cloche chez moi, bon sang ? Ça doit être cette histoire de chaleurs. Elles m'adoucissent, me rendent avide d'affection. J'espère que ça passera bientôt.

— Combien de temps durent les chaleurs ? soufflé-je, un peu agacée de le voir sourire.

— Ça peut durer des semaines, des mois. Qui sait. Se faire stériliser aide, mais ça m'étonnerait que ça t'intéresse.

Je me retiens de poser les mains sur mon ventre.

— Personne ne touchera à mes ovaires ! grogné-je.

Il pouffe.

— C'est bien ce qu'il me semblait. Tu peux poser la question à d'autres femelles métamorphes ? Les chiennes aussi ont des chaleurs, n'est-ce pas ?

Je reste généralement loin des autres métamorphes, surtout parce qu'ils sont contrôlés par la Meute. Les rares qui ont réussi à échapper à cette dernière sont soit fous, soit pas assez puissants pour leur être utiles.

— Non, avoué-je. Mais peut-être que Lennox connaît quelqu'un.

Je pourrais lui poser la question sans mentionner cette histoire de chaleurs. Je ne veux pas que les autres soient au courant. Il me suffirait de lui demander s'il a des amies métamorphes. S'il y voit de la jalousie de ma part, grand bien lui fasse.

— Les seuls métamorphes que je connaisse sont des mâles, dit Ryker, avec un sourire d'excuse. Et en tant que chats, nous ne nous sommes jamais souciés de savoir de quel côté ils étaient. Ils nous ignoraient et nous les ignorions. Bien sûr, ça va changer maintenant.

Je me rappelle tout à coup la question que je voulais lui poser depuis un moment.

— Est-ce que Citrouille est un métamorphe, lui aussi ?

Le sourire de Ryker disparaît.

— Je ne sais pas et j'ignore comment le découvrir. Il n'en a montré aucun signe, mais après tout, moi non plus. Je ne l'aurais jamais su si tu n'avais pas testé mon sang. Tu pourrais tester le sien aussi, peut-être ?

— Dis-lui d'aller voir Bethany ou Lily, ce sont elles, les expertes. Je sais prélever le sang, mais je ne sais pas comment faire les comparaisons ADN ensuite.

Il hoche la tête, le regard plein d'espoir.

— Tu penses que c'est probable ? Qu'il pourrait être un métamorphe même en ayant eu une maman chatte ?

— J'en sais autant que toi.

Je me mets à bâiller.

— Je vais avoir besoin de thé si je ne veux pas me rendormir.

Il me décoche un grand sourire.

— Je connais un autre moyen de te garder éveillée.

Ses mains se posent sur mes seins et les serrent avec bien plus de douceur que la nuit dernière. Les griffures et les marques de dents qu'il m'avait laissées ont disparu avec ma fourrure.

De même que toutes les douleurs et les raideurs qu'il me restait après avoir failli mourir… Enfin, après être morte, puisque mon cœur s'est arrêté de battre, d'après Lily. Cela faisait des jours que je ne m'étais pas sentie aussi bien. Je suis presque prête à descendre m'intéresser à *Miaou*. Puis je pense à la paperasse qui m'attend sûrement et décide que j'ai plus important à faire d'abord. Comme manger et boire du thé.

Je me lève, délaissant un Ryker déçu. Je lui souris.

— Plus tard. Je crève de faim.

— Est-ce que tu veux que…

Me voyant enfiler un legging, le soulagement se lit sur son visage.

— Tu te lèves. Tu comptes descendre. C'est bien.

Je pouffe.

— Oui, c'est bien. J'ai une entreprise d'assassins à gérer, et, plus important encore, il faut que je détruise la Meute une bonne fois pour toutes.

CHAPITRE 3

J'avale la moitié de la bouteille de lait avant de penser au thé. On dirait que je suis encore en mode félin. Lorsque la bouilloire siffle enfin, je suis assise par terre, à grignoter ma réserve secrète d'herbe à chat. Le paradis. Presque aussi bon que le sexe.

Je me fiche complètement du thé maintenant, à part pour le bruit qu'il fait.

— Est-ce que quelqu'un peut éteindre ce machin ?

Lily déboule dans la cuisine, puis explose de rire en me voyant assise par terre.

— Tu planes ?

Je lui fais un grand sourire.

— Pas du tout.

Ma bouche a du mal à former les mots, mais ce n'est pas grave. Je suis une chatte heureuse. Délicieuse herbe.

— Tu parles.

Lily a l'air surprise, et il me faut un moment pour comprendre pourquoi ça la stupéfie autant.

— Oh. Oui. Et tu peux me comprendre.

Les yeux écarquillés, elle fixe ma bouche.

— Tu ne miaules plus.

— Oui, je parle à nouveau comme une humaine. Laisse-moi tranquille maintenant et arrête d'essayer de me faire culpabiliser.

En temps normal, je serais aux anges – j'ai retrouvé ma voix ! –, mais l'herbe à chat rend tout le reste sans importance. D'elle, par contre, il m'en faut plus.

Lily soupire et retire la bouilloire du feu, qu'elle éteint ensuite.

— Je crois que tu as besoin de café, dit-elle sérieusement. Et de mon mélange spécial détox.

Je gémis rien que d'y penser. Je ne sais pas ce qu'elle met dans sa décoction, mais elle a une odeur et un goût infects. En plus, ça va m'enlever tout l'effet cotonneux de l'herbe à chat. Je ne veux pas que ça disparaisse. J'aime ces moments-là. Je ne veux pas que celui-ci se termine.

Je remets un biscuit à l'herbe à chat dans ma bouche. Je m'en prépare dès que Lily n'est pas à la maison. Sinon, elle ne me laisse pas faire.

— Katriona Feln, je refuse que tu deviennes dépendante, me dit-elle en m'arrachant le sachet des mains.

L'herbe à chat me rend apathique et annihile mes réflexes, voilà pourquoi elle parvient à me voler mes friandises. J'en ai peut-être avalé un peu trop, tout compte fait. Cependant, je ne tolère pas qu'elle me pique mon herbe à chat.

Je lui grogne dessus et sors les crocs.

Elle se marre.

— Tu es adorable.

— Ce n'est pas l'effet que je recherchais, grommelé-je en mangeant mes mots. Rends-moi mon herbe.

— Hors de question. J'ai besoin que tu aies toute ta tête. Nous devons discuter de certaines choses.

Je lui lance un regard vide. Qu'y a-t-il de plus important que les joies de l'herbe à chat ? Rien.

— Où est Ryker ? Je le croyais avec toi ? demande-t-elle, un grand sourire aux lèvres.

Elle doit savoir qu'il a passé la nuit avec moi.

— Avec ses chats. Il voulait faire quelque chose… mais je ne m'en souviens plus.

Lily soupire.

— Je vais te préparer mon mélange.

Elle me fait boire de force son smoothie, mais une fois que mon estomac s'est calmé, je lui en suis reconnaissante. Les nuages qui m'embrumaient l'esprit disparaissent peu à peu, cédant la place à la clairvoyance et un brin d'embarras. Je me suis laissé aller, j'ai perdu le contrôle. Il semblerait que je ne change pas seulement à l'extérieur. Si ça continue, qui sait quel genre de femme je vais devenir. Une accro à l'herbe à chat, paressant toute la journée sur le canapé, incapable de rassembler assez d'énergie pour donner un simple coup. Non, hors de question.

— Ça va mieux ? demande Lily avec un sourire en coin.

— Beaucoup mieux. Maintenant, dis-moi ce qui s'est passé avec *Miaou* ?

Je lui suis reconnaissante de ne pas me faire remarquer que mon entreprise ne m'a pas vraiment intéressée ces derniers jours. Elle sait que j'aurais été là si j'avais pu.

— Rien de particulier. Nous avons reçu quelques affaires qui pourraient t'intéresser, mais rien d'urgent, alors je les ai laissées sur ton bureau. Benjamin pense avoir découvert un groupe de braqueurs de banque qu'il essaie de rejoindre, alors s'il te plaît, sors-lui cette idée de la tête. On a besoin qu'il fasse des vols pour nous, pas pour les autres. Bethany est enfermée dans son labo. Elle travaille sur un projet et refuse d'en parler. À part ça, c'est tranquille. Tes hommes n'ont quasiment pas quitté la maison, cela dit.

Je faillis en recracher la dernière gorgée du smoothie.

— *Mes* hommes ? balbutiai-je. Tu veux dire *les* hommes, non ?

Elle ricane.

— Crois-moi, ils ne s'intéressent à personne d'autre qu'à toi. Il a fallu qu'on s'y mette tous pour les empêcher de te harceler et de te surveiller tout le temps. Si j'ai laissé Ryker monter, c'est uniquement à cause de ton problème de poils.

Elle me fait un clin d'œil.

— Contente que ce souci soit réglé. Tu as l'air moins bizarre, maintenant.

— Merci. Je ferais mieux de m'équiper de bons rasoirs, si ça recommence.

Lily rigole.

— Espérons que ça reste exceptionnel. Je t'aime, mais je te préfère humaine. Sans ton addiction à l'herbe à chat.

Elle m'adresse un regard sévère, puis s'en va, me laissant livrée à moi-même.

Je pose le verre de smoothie dans l'évier, espérant qu'il se nettoiera tout seul par magie. Je sais, les elfes de maison n'existent pas, mais on a bien le droit de rêver.

Même si Lily m'a dit que les hommes n'ont quasiment pas quitté la maison, à l'heure actuelle, celle-ci est vide à l'exception des filles. J'entends Bethany dans son labo. Un projet mystérieux ? Je suis intriguée.

La porte du labo verrouillée déclenche des sirènes d'avertissement dans mon esprit. Personne ne ferme jamais cette porte.

— Bethany ? crié-je, adoptant ma voix de patronne la plus sévère. Ouvre-moi.

Elle cesse ce qu'elle fait, mais la porte reste close.

— Kat ? demande-t-elle, la voix étouffée par le métal épais.

— Tu sais très bien que c'est moi. Maintenant, ouvre avant que je m'énerve.

Elle soupire et, un instant plus tard, s'exécute, me révélant son visage épuisé. Elle porte une combinaison de protection, ce qui fait désormais *hurler* mes sirènes d'avertissement.

— Qu'est-ce que tu fais ?

Je scrute le laboratoire. Les deux paillasses sont recouvertes d'équipement, dans un tel désordre que je me demande ce qu'il est advenu de Bethany. En temps normal, elle est si ordonnée. Constatant que le bec Bunsen est toujours allumé, je contourne Beth pour l'éteindre. Elle essaie de m'en empêcher, mais je suis plus rapide qu'elle et parviens à voir ce qu'elle cherche à cacher dans son dos.

— C'est quoi, ça ? demandé-je d'une voix dure, fixant l'enveloppe en papier kraft estampillée du logo de la Meute. Que fais-tu avec des documents de la Meute ?

Elle grimace.

— C'est l'un de ceux que vous avez rapportés. Il y avait des données médicales que je voulais explorer…

Elle refuse de croiser mon regard.

— Des données médicales ? À quel propos ?

— Le clonage. Pas pour le reproduire, s'empresse-t-elle d'ajouter en me voyant sur le point de lui hurler dessus. Juste pour comprendre ce qu'ils ont fait et comment. Ça pourrait nous aider à savoir ce qu'ils ont fait à Mini-Kat et toi. Peut-être découvrir combien de personnes sont impliquées. Combien il y a de clones, aussi.

Bien que je sois tentée d'attraper le dossier, le sujet est encore trop récent, trop douloureux. J'ai besoin de temps pour accepter qui je suis. Ce qu'ils m'ont fait.

— Ça, je comprends, dis-je lentement. Mais qu'est-ce que tu fais avec tout cet équipement ? Pourquoi est-ce que tu ne te contentes pas de lire ? On aurait de toute façon fini par le faire aussi.

— Il est mentionné un médicament particulier qu'ils donnaient à tous les clones, mais rien n'explique à quoi il servait. Je me suis dit que si je suivais les consignes et le créais, peut-être que je pourrais comprendre…

Ses épaules s'affaissent, lui donnant un air découragé qui ne me dupe pas.

— Tu comptais me filer ce médicament ? répliqué-je sèchement. Ou à Mini-Kat ?

Son air stupéfait me rassure ; elle n'avait pas de mauvaises intentions. Que le Grand Chat soit loué.

— Non, mais une fois que nous aurions eu ce médicament, je pensais analyser ton sang pour voir s'il en reste des traces, même les plus infimes. Ils t'en ont donné afin qu'il ait un effet durable, voire permanent, alors je devrais en trouver une preuve.

Son expression se durcit.

— Et si jamais nous trouvons un clone qui n'est pas de notre côté… Alors, nous pourrons le tester sur lui.

Je suis surprise de la dureté de sa voix. Elle n'est pas du genre revanchard. Elle adore taquiner les autres, s'amuser avec ses poisons, mais elle ne savoure généralement pas la douleur des autres.

— Tu penses que nous allons en trouver d'autres ?

Elle hausse les épaules.

— D'après ces fichiers, il y en a plusieurs dizaines, mais nous n'avons manifestement pas récupéré les dossiers nous disant s'ils sont en vie ou non. Ils se focalisaient beaucoup sur la petite Kat, cependant, ce qui me laisse penser que peu de clones entre elle et toi ont survécu. Ils doivent être déçus.

Je frémis. J'ignore toujours ce qu'étaient leurs projets pour moi, mais les voir faire des expériences avec de l'ADN de chatons pour l'ajouter à celui de métamorphes… Ça indique que ça ne sent pas bon. Mère Nature est déjà suffisamment perturbée comme ça parfois sans que les humains s'en mêlent. À l'heure actuelle, je suis à moitié humaine, à moitié chatte. Si on y ajoute un peu plus de chat, cela signifie-t-il que je vais perdre mon humanité ? Ou, pire, l'ont-ils déjà fait ? Peut-être suis-je moins humaine que je le crois ?

Je repousse ces pensées. Elles ne servent à rien pour l'instant, et j'ai besoin d'avoir les idées claires pour la suite.

— À partir de maintenant, tu dois me rendre compte de tout ce que tu fais avec ces fichiers, exigé-je fermement.

Elle opine, la tête basse.

— Je sais que tes intentions sont bonnes, mais ces informations ne doivent pas tomber entre de mauvaises mains. Ou pire, nous corrompre. Nous devons arrêter la Meute, pas reproduire leurs recherches. Alors, quand on les aura démantelés, je veux que tu détruises tout ceci.

Bien qu'elle semble sur le point de protester, elle hoche finalement la tête. J'ai quand même l'impression que nous en reparlerons.

— Où sont les autres documents récupérés dans le labo de la Meute ?

Elle m'indique une boîte fermée à clé dans un coin de la pièce.

— Là-bas, pour la plupart, mais je crois que Gryphon en a gardé quelques-uns, et Lennox aussi.

Je gémis. Génial. Donc l'information se répand déjà. J'ai confiance en Lennox, oui, et je pense faire aussi confiance à Gryphon, néanmoins, je n'arrête pas de me dire que les secrets contenus là sont dangereux. Nous ne pouvons pas prendre le risque que ces documents soient perdus ou, pire, volés.

— Tant que je ne saurai pas de quelles informations nous disposons, aucun de ces documents ne doit quitter cette maison. Je vais mettre cette boîte dans mon bureau et si quelqu'un a besoin d'un dossier, il devra s'adresser à moi. Compris ?

— Est-ce que je peux garder celui-là ?

Je soupire.

— Oui. Pour le moment. Mais comme je te l'ai dit, tu dois me tenir informée de toutes tes découvertes. Et ne t'avise pas de me demander d'être ton cobaye. Je suis un chat, pas un rongeur.

Bethany rit tout bas.

— Je n'oserais pas. Je sais que tu as des griffes.

Si elle savait… combien ces griffes étaient magnifiques sur la peau de Ryker. La chaleur envahit mon corps, me rappelant mon souci actuel.

— Euh… Bethany ?

— Oui ?

Elle me regarde enfin, curieuse.

— J'imagine que tu n'as rien trouvé concernant la physiologie de l'appareil reproducteur des métamorphes femelles ?

Elle hausse un sourcil, amusée.

— Tu as des règles douloureuses ?

Je n'aurais rien dû dire.

— Pas mes règles, mais… argh, est-ce que tu as trouvé quelque chose ?

Elle secoue la tête, un sourire aux lèvres.

— Non, mais si c'est le cas, je te le dis.

J'opine avec raideur et me tourne vers la sortie.

— Merci, dis-je sans la regarder.

Juste avant que je ne sorte, je l'entends se racler la gorge.

— J'ai des antidouleurs puissants et une bouillotte, si besoin.

Je ne me retourne pas.

— Non, merci. Ce n'est pas ça le problème.

Si elle savait…

* * * * *

Mon bureau est tel que je l'ai laissé, sauf ma corbeille de documents à traiter qui a grandi et fait des bébés depuis la dernière fois que j'ai mis le pied dans cette pièce. Quelques affaires, a dit Lily. Soit elles sont très longues et détaillées, soit mon amie ne sait pas compter. Sympa. Au moins, il s'agit d'une tâche familière, dans laquelle me perdre sera facile et qui me permettra de ne pas penser à autre chose.

Je m'installe dans mon fauteuil en cuir confortable et attrape le premier dossier de la liste. Une femme souhaitant se débarrasser de son mari. Je souris. Elle veut qu'il souffre, en prime. Joli. Je le mets dans la panière des dossiers prioritaires.

Les trois autres sont des chefs d'entreprise voulant éliminer la concurrence. Faible priorité. Ils paient bien, mais ces affaires sont ennuyeuses. Il n'y a aucune passion derrière leur motivation, juste de froids calculs. Peut-être juste une pointe de jalousie. Les meurtres passionnels sont bien plus marrants.

Un homme voulant tuer son père. Bien que cela n'ait rien d'inhabituel, ça ne semble pas être pour une question d'héritage, cette fois-ci. Le père est sans abri, donc il ne doit pas avoir beaucoup d'argent à donner à son fils. Pourquoi vouloir l'assassiner ? Il n'y a aucune information dans le dossier, alors je le pose sur la pile des urgences, espérant avoir le temps de m'occuper de cette affaire. Elle n'est pas commune, donc elle est pour moi.

Au bout d'une heure, j'ai constitué trois piles nettes devant moi. Priorité absolue, priorité moindre et une pile de vols, pour Benjamin. Nous recevons de plus en plus de requêtes de ce genre. Ben est en train de se faire un nom, et *Miaou* aussi par conséquent. C'est un à-côté agréable qui nous rapporte de l'argent et fait le bonheur du gamin. Il n'est pas fait pour les assassinats, mais il excelle pour ce qui est d'entrer dans des endroits où il ne devrait pas se trouver.

Je me sens bien mieux maintenant que je sais sur quoi me concentrer ces prochains jours. Quelques missions simples et amusantes, non liées à la Meute ou à toute autre organisation criminelle. C'est ainsi que les choses devraient toujours être. Tuer pour de l'argent. Merveilleux.

Ça, je peux gérer.

Ce que je ne peux pas gérer en revanche, ce sont les deux hommes qui viennent d'entrer chez moi.

<h1 style="text-align:center">CHAPITRE 4</h1>

Gryphon et Lennox m'attendent dans le salon, comme s'ils savaient que je ne suis plus terrée dans le grenier. Eh bien, vu qu'ils possèdent tous les deux des sens particulièrement affûtés, je suis certaine qu'ils savent à quel endroit de la maison je me trouve.

J'ai envie d'un thé, mais ça m'obligerait à en préparer pour nous trois, et donc ils se sentiraient obligés de rester plus longtemps. Je ne veux pas qu'ils s'attardent. Rien que de *penser* à ces hommes remplit mon entrejambe de chaleur. Je déteste ça. Tellement. Je m'accroche de toutes mes forces à ma discipline, mais mon corps se rebelle, lutte contre moi à chaque pas. Si je relâche mon contrôle, je me retrouverai à me frotter contre Gryphon et Lennox sur le canapé, à leur arracher leurs vêtements et à les prendre, les deux en même temps. Kat ne fait cependant pas ce genre de choses. Cela ne me ressemble pas.

— Tu as l'air d'aller mieux, déclare Gryphon quand j'entre dans le salon.

Lennox est affalé sur l'un des canapés, comme s'il était chez lui, tandis que Gryphon se tient au bord de son siège, comme s'il ne s'autorisait pas à se mettre à l'aise.

Je m'assieds en face d'eux, mettant le plus de distance possible entre nous. Même ainsi, leurs odeurs emplissent mon nez, faisant picoter ma peau. Je me mets à saliver de notre simple proximité. Je pourrais me lever et les embrasser. Les dévorer. M'unir à eux.

Je me pince la cuisse. *Ça suffit, Kat.*

— Comment tu te sens ? me questionne Lennox, les yeux rivés sur moi, traquant chacun de mes mouvements.

Je me demande s'il peut percevoir mon excitation. Ryker l'a su tout de suite, il l'a sentie immédiatement, mais comme Lennox est un loup, il n'est pas censé s'intéresser aux femelles des autres races. Ce ne serait pas génial pour l'évolution, après tout.

— Bien.

Ils n'ont pas besoin de connaître les détails.

— Et vous deux ?

C'est ridicule. Nous papotons comme de vagues amis se retrouvant après une longue séparation. Je devrais changer cette situation, mais je ne sais pas comment faire. Comment doit-on se comporter après être revenu d'entre les morts ? Comment remercie-t-on les personnes qui nous ont aidés ? Comment accepte-t-on de n'avoir pas été capable de se sauver soi-même et d'avoir dû compter sur d'autres ?

— Je m'ennuyais, réplique Lennox en croquant dans les chips de Bethany.

Rien que de voir l'aliment disparaître dans sa bouche me donne envie de sauter sur lui en lui disant « Croque-moi, à la place ! ». Ridicule. Je devrais peut-être remonter, m'attacher à mon hamac et éviter les hommes tant que cette période n'est pas terminée.

— Moi aussi, enchaîne Gryphon, qui s'adosse enfin à son fauteuil, les mains derrière la tête. J'ai vu Mini-Kat aujourd'hui. Elle est heureuse avec ma tante, mais elle aimerait te voir. J'imagine que tu ne veux pas m'accompagner là-bas ?

— Pas aujourd'hui. J'ai d'autres choses à faire.

— Comme attaquer la Meute et tuer tout le monde ? s'en mêle Lennox.

Je ris malgré moi.

— J'en conclus que c'est sur ta liste de choses à faire ?

Il opine avec enthousiasme.

— Mais je ne suis pas assez stupide pour faire ça. Cela dit, nous devons faire quelque chose. Des rumeurs indiquent que des métamorphes de la Meute disparaissent. Ryker nous a dit que ses chats voient moins de métamorphes qu'avant. Je pense que les dirigeants de la Meute rappellent tout le monde : je parie que c'est pour passer à l'offensive bientôt.

— Alors nous devrons nous préparer.

Je suis soulagée que nous soyons revenus en terrain familier, même si je ne peux m'empêcher de fixer ses lèvres, sur lesquelles il passe la langue pour lécher le sel restant de ses chips. *Tenez-vous bien, les ovaires. Je n'ai pas le temps pour ça.*

— Est-ce que tu as eu le temps de jeter un coup d'œil à ce que nous avons récupéré dans leur labo ? demande Gryphon.

Je secoue la tête.

— Bethany s'intéresse aux fichiers concernant le clonage, mais c'est tout ce que je sais.

— Je vais faire du café, annonce Lennox en se levant du canapé avec un soupir. Ça va durer un moment.

— Du thé pour moi, avec beaucoup de lait.

Il sourit.

— Je sais. Gryphon, tu le prends comment ?

Le moment de vérité. La façon dont une personne boit son thé en dit long sur elle. Beaucoup de sucre ? Une personnalité douce et indulgente. Beaucoup de lait ? Des gènes félins, sans doute. Rien du tout ? Ennuyeux, trop sérieux ou psychopathe.

— Du lait et du sucre, mais fais du thé fort, s'il te plaît.

Hum, ça, c'est dur à interpréter. Est-ce un truc de siren ou de Gryphon lui-même ? Je n'ai jamais pu faire de recherches sur son espèce. Il m'a dit que les sirens contrôlent la Meute, et en même temps, il a une tante et une sœur dans le coin. Sont-elles de notre côté ? De celui de la Meute ? Neutres ?

À l'heure actuelle, je ne pense plus que Gryphon pourrait me trahir ; néanmoins, j'ai besoin d'en savoir plus. La famille est l'un des meilleurs moyens de manipuler quelqu'un pour le forcer à faire ce que l'on veut. Je me sers souvent de cette méthode moi-même. Jusqu'ici, je n'avais pas de famille, mais maintenant, j'ai Mini-Kat, mes employés et peut-être même ces hommes. Juste des amis, bien sûr. Des associés, aussi. Coucher avec Ryker était une erreur imputable entièrement à mes chaleurs. Et avec Lennox… n'y pensons plus. Il n'a pas reparlé du fait que je devienne la compagne de son loup, alors je ne vais pas aborder le sujet non plus. C'est trop compliqué, trop stressant émotionnellement.

— Un darem pour tes pensées ?

Gryphon me scrute du regard. Je veille à garder un visage neutre.

— Je me disais que les choses ont très vite changé.

— C'est vrai. Regarde-nous. Nous attendons que Lennox nous serve le thé. Je n'aurais jamais cru me faire servir par un loup.

— Surveille tes paroles ! crie l'intéressé depuis la cuisine. Je ne suis pas un chien domestique !

Je ricane. Lennox a toujours détesté se faire traiter de chien, et pourtant, c'est lui qui emploie ce terme maintenant. Les choses ont vraiment changé.

— Mets-moi au parfum, dis-je à l'intention de Gryphon. Qu'avez-vous découvert ? J'ai besoin de toutes les infos que vous avez.

— Comme je te l'ai dit, ça va prendre du temps. Nous avons commencé à parcourir les dossiers récupérés au labo, mais il y a beaucoup trop de jargon scientifique parfois, et même tes collègues ne le comprennent pas toujours.

Je souffle d'impatience.

— Arrête avec le préambule, passe aux choses importantes.

Il sourit, amusé, puis son expression change, s'assombrit. Un frisson me remonte l'échine face à l'intensité de son regard.

— Tu veux la version gentille ou la version brutale ?

— Comment ça ?

— Je peux te dire la vérité sans que tu te sentes mal. Si je te donne tous les détails, en revanche, ça risque de te bouleverser. Certaines choses que nous avons découvertes ne sont pas pour les âmes sensibles.

— Je ne suis pas une âme sensible, protesté-je, bien que j'apprécie secrètement son avertissement.

Je suis un clone. Je ne suis pas vraiment ce que je pensais. Il y a sans doute d'autres choses que j'ignore encore, des réponses que je préférerais ne pas avoir. Cependant, quand ai-je refusé d'affronter un problème ? À part quand je noie mes soucis dans l'herbe à chat ?

— Donne-moi la version longue. N'essaie pas de me protéger de la vérité. J'ai besoin de savoir.

Il hoche la tête et se racle la gorge.

— Très bien. Tu étais le premier clone et le seul à avoir survécu si longtemps. Ce qui est surprenant, vu le nombre qu'ils ont éliminé, car pas assez parfaits à leurs yeux. On pourrait croire que le premier serait le pire modèle, d'une certaine façon. Le moins perfectionné. Peut-être qu'ils te voulaient comme sujet témoin pour les futures versions.

Le froid se répand dans mes veines. J'ai envie de dire à Gryphon de se taire, mais j'ai aussi besoin d'entendre la suite. Impossible de se cacher de la vérité. Ne rien savoir serait pire.

— Combien ? demandé-je d'une voix rauque.

— En comptant les embryons n'ayant jamais atteint le terme : cinquante-trois.

Je déglutis. J'ai une grosse boule dans la gorge. Cinquante-trois versions de moi.

— La femme du labo appelait Mini-Kat K8. Je pensais que nous n'étions que huit, dans ce cas, soufflé-je, incapable de masquer mon émotion à Gryphon.

Les murs s'écroulent autour de moi.

— Ils n'ont donné de « nom » — cette initiale et ce chiffre — qu'à ceux survivant après la première année. Tu es K1, puis il y a eu six autres enfants, et ensuite Mini-Kat. Il semblerait qu'il y ait eu deux autres petites filles après elle, mais je n'ai pas réussi à découvrir ce qu'elles sont devenues. Les enfants ont dû être gardées ailleurs, et non dans le labo.

— Elles n'étaient pas non plus à la tanière de la Meute. J'y vivais et je n'ai jamais vu personne me ressemblant. J'aurais senti leur odeur de métamorphe, même si je ne les avais pas reconnues. Elles doivent être dans un bâtiment dont on ignore l'existence.

Gryphon acquiesce.

— Nous allons les trouver, mais maintenant, ils savent que nous en avons après eux. Ils ont sans doute caché les clones afin de compliquer nos recherches.

— Les enfants, le corrigé-je. Pas les clones. S'il te plaît.

Il m'adresse un sourire tendu.

— Bien sûr. Les enfants. D'après les données, la plus jeune devrait avoir trois ans, la plus âgée seize. Nous devrions nous concentrer sur elle en premier. Si elle a été élevée comme toi, elle devrait être déjà dehors, à traquer des cibles et travailler pour la Meute.

Je secoue la tête.

— C'est peu probable. Si elle se baladait par ici, je l'aurais sentie, crois-moi.

— Ce qui veut dire qu'ils les gardent enfermées ou dans une autre ville.

Il soupire.

— Je pourrais demander à mes contacts de découvrir s'il y a des métamorphes félins dans d'autres villes contrôlées par mon espèce, mais ça ne sera pas facile ni rapide. Il faut que je me montre prudent, pour qu'ils ne devinent pas que j'agis contre eux.

— Fais-le. Il faudra qu'on discute de ta famille un jour, mais d'abord, continue à me dire ce que tu as découvert.

Lennox revient au même moment avec un plateau. Il n'a pas fait que du thé, il a aussi préparé des en-cas. Je vais le garder. Un chien domestique, vraiment.

J'attrape un petit sandwich au saumon et croque dedans. Même si j'ai déjà avalé beaucoup de biscuits à l'herbe à chat, ils n'ont pas comblé ma faim, juste mon besoin de bonheur.

— Bien joué, mon pote, marmonne Gryphon, la bouche pleine.

Il a pris une tomate cerise, pour sa part. Mon pote ? Ils sont si proches que ça, maintenant ? Gryphon a-t-il révélé aux autres son identité ?

— Continue, lui rappelé-je, ignorant le fait qu'il essaie de manger.

— D'accord. Donc, sept enfants. Nous avons la petite Kat, c'est déjà ça. Tu devrais lui parler, pour voir si elle ne sait vraiment rien qui pourrait nous aider. Elle se rétablit bien, elle reprend du poids et a plus facilement des conversations normales.

J'opine.

— Tu m'y emmèneras tout à l'heure ?

— Bien sûr.

— Parle-lui du médecin, intervient Lennox. La femme que nous avons tuée.

— Mamie Docteur. Dommage que nous ne l'ayons pas sous la main pour l'interroger et la torturer, mais on n'y peut plus rien. Lennox a trouvé des infos sur elle dans les bureaux de l'étage. Elle a rejoint la Meute à la fin de ses études. Elle a été recrutée par un scientifique, le professeur Lakefield. Je ne sais pas s'il est toujours en vie ou ce qu'il est devenu, mais il semble être le premier à avoir tenté le clonage. Mamie Docteur s'appelle en réalité Jacqueline Fitzroy, elle a un doctorat en génétique et a écrit quelques articles sur l'évolution humaine. Évidemment, aucune de ses publications ne mentionne les métamorphes, mais elle a très vite quitté le monde universitaire après avoir rejoint la Meute. Avec Lakefield, ils ont cherché à rendre les métamorphes plus forts, tout en les privant de leur libre arbitre. Ils n'avaient pas de collier quand les deux fous ont commencé. À ce moment-là, les métamorphes étaient contrôlés par le chantage, les menaces envers leur famille, voire le lavage de cerveau. L'invention des colliers a fait de Fitzroy l'une des personnes les plus importantes de la Meute. J'ai vu ses comptes en banque. Elle devait être la femme la plus riche de la ville.

— Nous avons peut-être siphonné un peu de cet argent avant qu'ils n'apprennent sa mort, se marre Lennox.

Bien. Cela ne m'aide pas à me sentir mieux vis-à-vis de ce que cette femme a fait, mais au moins, elle va aider *Miaou* à se maintenir à flots plus longtemps. Et ce serait ironique que son argent nous serve finalement à faire tomber la Meute.

— Alors, elle a inventé les colliers et commencé le clonage ?

— Oui. Quand elle a réussi à fabriquer un prototype de collier fonctionnel, elle s'est rendu compte que s'il aidait à contrôler les métamorphes, il ne pouvait rien faire quand ils étaient sous leur forme animale. En gros, avec les colliers, elle avait des humains plus forts, mais ils ne pouvaient pas les faire obéir si les métamorphes se transformaient. C'est là qu'elle s'est dit qu'il y avait d'autres moyens de contrôler tout ce petit monde, en commençant dès le début de leur vie. Cloner les plus forts, puis arranger leurs niveaux de libre arbitre et d'obéissance. Son but, c'était de créer un métamorphe docile possédant une grande intelligence, mais obéissant à ses ordres.

J'en frémis. Être forcé d'exécuter les *desiderata* de quelqu'un sans savoir que c'est mal, sans avoir le choix de résister… je n'imagine pas pire situation. Ils ont essayé de me contrôler toute ma vie, mais j'ai lutté, je les ai empêchés de faire de moi leur esclave, même si ma résistance a souvent été douloureuse. Oui, j'ai toujours fini par faire ce qu'ils voulaient, mais à ma façon. Les moments que je passais en secret avec Lennox sous le pont, ceux où nous volions des confiseries au marché, étaient ceux où je me sentais vraiment moi-même. Cette doctoresse a essayé d'enlever ça à d'autres enfants. Si elle n'était pas déjà morte, je m'assurerais qu'elle connaisse une fin horrible et douloureuse. De préférence avec un collier autour du cou qui lui rappellerait ce qu'elle a fait à d'autres.

— Ça va ? me demande doucement Lennox.

Je réalise que j'ai serré les poings, réduisant mon sandwich en miettes. Je hoche la tête tout en me forçant à me détendre et à prendre un air courageux.

— Est-ce qu'ils ont réussi ? m'inquiété-je. Mini-Kat n'était pas sous leur contrôle quand nous lui avons retiré le collier, donc ils n'étaient pas encore à ce stade quand ils l'ont créée. Mais ont-ils réussi avec les deux autres ?

— Je ne sais pas, avoue Gryphon doucement, les yeux baissés vers son sandwich.

Il n'y a pas encore touché, attendant pour cela d'avoir fini son histoire.

— Nous n'avons rien trouvé sur elles, pas le moindre fichier. Comme s'ils voulaient s'assurer que *tout* ce qui concerne ces deux filles reste secret. Ça veut peut-être dire qu'ils ont réussi. Ou peut-être que non. Qui sait ? Et nous ne pouvons pas vraiment poser la question à Mamie Docteur ou n'importe qui dans ce labo, puisqu'ils sont tous morts.

Il soupire.

— Si ce professeur est toujours en vie, il doit avoir dans les quatre-vingts ans, au bas mot. Mais ça vaut la peine d'essayer.

— Je suis déjà sur le coup, intervient Lennox.

— Tu n'as pas un travail à faire pour ton employeur ? lui demandé-je. Ou bien es-tu avec nous à plein temps maintenant ?

Il hausse un sourcil.

— Tu veux que je m'en aille ?

Je secoue la tête en vitesse, étrangement inquiète à l'idée qu'il parte. Ce doit encore être ces chaleurs qui me rendent émotive. Je ne peux pas travailler dans ces conditions. Je dois reprendre le contrôle de mes émotions, bien trop chamboulées pour l'instant.

— J'ai demandé un congé. Étonnamment, ils ont accepté. Je ne pense pas qu'ils me laisseront partir longtemps, cela dit, alors je m'attends à recevoir un ordre d'un jour à l'autre. Malgré tout, je ferai mon possible pour vous aider.

Je lis dans ses yeux tout le regret qu'il éprouve.

— Est-ce que tu pourrais partir, si tu le voulais ? Ils te laisseraient partir pour de bon ?

Je lui pose la question d'une voix douce, et il détourne le regard.

— Je n'en suis pas sûr. Je n'ai pas encore eu le courage de le découvrir.

J'ajoute ça à ma liste : faire en sorte que Lennox quitte ses employeurs, de préférence pour rejoindre *Miaou*. Et moi.

Non, arrêtez ça, ovaires surchauffés. Pas moi. Juste *Miaou*.

CHAPITRE 5

ès que je suis dehors avec Gryphon, je l'interroge sur sa famille.

— Comment se fait-il que tu aies une tante et une sœur ici alors que je croyais que tu avais quitté ta famille ?

— Ma sœur est partie avant moi, officiellement pour aller à l'université. Elle n'y est restée qu'un semestre, puis elle a décidé de devenir artiste. Un très bon plan, puisque mon père l'a reniée et virée de la maison. Maintenant, elle jouit d'autant de liberté qu'elle le veut et n'a même pas à faire semblant d'être quelqu'un qu'elle n'est pas.

Il semble amer.

— Pourquoi ne fais-tu pas comme elle ?

— Les sirens sont une communauté très traditionnelle. Ce sont les hommes qui dirigent. Si j'avais essayé de partir, ça aurait été un désaveu public pour mon père, qui m'aurait sans doute tué avant de prétendre que j'étais mort de cause naturelle. Ma sœur n'a jamais été destinée à exercer le moindre poste de pouvoir, alors son absence n'est pas une grosse perte.

— C'est la même chose pour ta tante ?

— Pas tout à fait. Elle croyait fermement en notre cause,

jusqu'à la mort de son mari. Ça l'a totalement changée. On m'a dit qu'elle en est devenue folle pendant des mois, totalement instable et imprévisible. Puisque son mari était un homme important, le clan des sirens ne s'est pas débarrassé de ma tante, mais ils lui ont offert une pension et une maison très loin d'eux, où elle ne les gênera pas. À vrai dire, je ne sais pas si elle a fait semblant d'être folle pour pouvoir s'en sortir ou si elle l'a vraiment été. Aujourd'hui, elle est aussi saine d'esprit que toi et moi.

Je pouffe.

— Tu oses dire que je suis saine d'esprit ?

— Toutes mes excuses, je me suis trompé. Comment ai-je pu insinuer une telle chose ?

Il me fait un grand sourire, puis nous reprenons notre balade en silence. C'est étrange de ne pas courir sur les toits, mais de marcher dans la rue comme une personne normale. Bien que les rues soient assez bondées, nous sommes aussi doués l'un que l'autre pour éviter de rentrer dans les passants. Cela ne m'arrivait que lorsque je faisais les poches aux gens, ce que je ne fais plus depuis un moment. J'adorais voler les gens sans qu'ils ne s'en rendent compte, mais depuis, j'ai appris à tuer et décidé que c'était bien plus fun.

Gryphon me conduit jusqu'à un quartier plus aisé de la ville. C'est gentil de la part de son clan d'avoir donné à sa tante une maison dans cette zone. À moins qu'ils n'aient essayé de l'acheter de cette manière, de la rendre redevable d'eux.

Avant que nous n'atteignions la porte, un boulet de canon aux cheveux roux contourne la maison et m'enlace tout à coup. J'observe Mini-Kat qui m'entoure de ses bras, sa tête contre mon ventre. D'accord. Je crois qu'on ne m'a jamais câlinée quand j'étais enfant.

Gryphon éclate de rire et je masque au mieux ma surprise. Il n'a pas besoin de savoir combien je trouve ça aussi gênant qu'agréable.

— Contente de te voir, Katriona, dit la petite fille d'une voix suraiguë.

— Kat, la corrigé-je.

Elle secoue la tête sans me lâcher.

— Kat, c'est moi, donc tu ne peux pas être Kat aussi.

Gryphon se tord de rire et je le fusille du regard.

— J'étais là la première, répliqué-je fermement. Si quelqu'un doit changer de nom, c'est toi.

— Tu es plus vieille. Tu as presque la tête d'une Katriona.

Je la dévisage.

— Tu viens de me traiter de vieille ?

Elle recule en haussant les épaules, un grand sourire aux lèvres.

— Tu es plus vieille que moi, c'est un fait, ce qui te rend vieille, puisque je suis jeune.

La logique des enfants insolents. Gryphon s'étouffe tant il se marre, mais je l'ignore. Sinon, je devrai le trucider.

— Est-ce que tu te sens mieux ? me demande la petite fille en m'observant de haut en bas, comme si elle pouvait voir la blessure qui m'a empêchée de lui rendre visite plus tôt.

— Oui, tout est revenu à la normale.

Presque.

Mon envie de sauter sur Gryphon n'est pas normale, elle. Rien que cette pensée inonde de chaleur le cœur de ma féminité, mais non, c'est inapproprié, et pas seulement à cause du regard scrutateur de Mini-Kat.

— Bien, donc tu peux m'aider.

— T'aider à faire quoi ?

— Devenir comme toi.

Gryphon, qui venait juste d'arrêter de se marrer, repart de plus belle. Nous l'ignorons toutes les deux.

— Pourquoi veux-tu devenir comme moi ? rétorqué-je, sincèrement étonnée.

Il n'y a rien chez moi qui devrait plaire à une petite fille. Je suis un assassin, je tue des gens. Je n'ai aucune vie sociale, je ne suis pas jolie, je ne possède pas grand-chose. Je ne suis pas particulièrement amicale, j'aime être malpolie et je… Bref, la plupart du temps, je ne voudrais pas être moi.

— Tu es forte, m'explique-t-elle en toute simplicité. Tu peux tous les tuer. Je ne suis pas encore assez forte.

Oh mon Dieu. C'est vraiment mon clone. Un bébé assassin.

— Qui veux-tu tuer ? la questionné-je en veillant à garder un ton neutre.

— Tout le monde. Tous ceux qui m'ont fait du mal, qui t'ont fait du mal, qui font du mal aux autres.

— La Meute ?

— Oui, et les autres qui venaient me voir.

Cette réponse m'intrigue. Je m'agenouille pour pouvoir regarder Mini-Kat dans les yeux.

— Quels autres ?

— Je ne sais pas, mais ils n'étaient pas humains. Ils avaient une odeur différente, que je n'ai jamais sentie. Ils m'observaient pendant les tests.

Gryphon arrête de rire et se rapproche.

— Est-ce qu'ils sentaient comme moi ?

La petite secoue la tête.

— Non, pas comme toi. Certaines personnes de la Meute sentent comme toi, mais pas les visiteurs. Ils étaient différents.

J'échange un regard avec Gryphon. Une espèce différente, ni métamorphe ni siren. La petite fille ayant rencontré Lily, ses visiteurs ne devaient pas être des succubes non plus, sinon elle aurait fait le lien. Qu'y a-t-il d'autre ? Avant de rencontrer Lily, je n'avais fréquenté que des humains et des métamorphes.

— Ressemblaient-ils à des humains ?

— Oui, mais ils avaient une odeur différente. Plus sucrée. Genre ils auraient bon goût si on les mangeait.

Là, je suis choquée. Elle parle vraiment de manger les gens ? Par pitié, faites qu'elle ne soit pas cannibale.

Gryphon se racle la gorge.

— Tu as déjà mangé quelqu'un ?

Elle lève les yeux vers lui.

— Bien sûr que non, mais parfois ils me donnaient du sang à boire. Le goût est souvent dégueu, mais il y a aussi des sangs bons.

La bile remonte dans ma gorge. Ils lui ont fait boire du sang. C'est tellement mal. Oui, il m'est arrivé en tuant quelqu'un sous forme animale d'avaler par accident un peu de sang, mais je n'en ai jamais bu comme une vampire. C'est si mal.

— Eh bien, nous, nous ne te donnerons pas de sang, lui dis-je avec un sourire forcé. Est-ce que la tante de Gryphon te nourrit bien ?

Elle opine avec enthousiasme.

— Elle me fait des pancakes tous les soirs. Avec beaucoup de coulis de chocolat.

Voilà qui me ressemble davantage. Je me demande s'il en reste, d'ailleurs, ou si la tante compte en faire ce soir. Je pourrais m'attarder un peu plus… Les pancakes, c'est la vie.

Je me relève et Mini-Kat me prend la main sans tarder. D'abord, on se câline, maintenant, on se tient la main. La prochaine fois, elle voudra dormir dans mon lit et que je lui raconte des histoires avant le coucher. Je dois lui faire clairement comprendre que je ne suis pas sa mère. Je suis peut-être une sorte de sœur, mais je ne suis pas faite pour prendre soin d'elle. J'espère qu'elle pourra rester un petit moment avec la tante de Gryphon. De manière permanente, peut-être. Cela lui donnerait l'occasion d'avoir une vie normale.

— Venez avant que la glace fonde ! nous interpelle une femme depuis la fenêtre ouverte.

De la glace ? La panthère miaule à l'intérieur de moi.

Gryphon me jette un coup d'œil.

Oh. J'ai miaulé à voix haute. On dirait que je ne suis pas tout à fait revenue à la normale.

❀ ❀ ❀ ❀ ❀ ❀

Tante Rose est une femme voluptueuse et rayonnante, dotée d'yeux pétillants et de cheveux si volumineux qu'ils semblent avoir leur vie propre. Ils bougent même si elle reste immobile et qu'il n'y a pas de vent.

Elle nous a invités à nous installer à la table de la cuisine et pose désormais un bol de glace et de fraises devant nous. Il y a même de la chantilly sur le dessus. J'aime déjà cette femme.

— Mangez, nous encourage-t-elle en souriant. Avant que ça fonde.

Mini-Kat enfourne des pelletées de glace dans sa bouche, sans se soucier que ce soit… eh bien, glacial. Je me force à y aller plus lentement, afin d'en savourer chaque cuillère.

— Délicieux, commente Gryphon en soupirant. Rappelle-moi de venir te voir plus souvent.

Rose pouffe.

— Si je peux t'attirer avec de la glace, tant mieux.

— Et des fraises, s'empresse-t-il d'ajouter. C'est essentiel.

— Visiblement. En général, j'ajoute des copeaux de chocolat, mais Kat a tout mangé.

Je m'apprête à protester, car non, je n'ai pas fait ça, quand je me souviens que je ne suis pas la seule Kat de la pièce. C'est perturbant, vraiment, mais ce n'est pas moi qui changerai mon nom. Mini-Kat pourrait se trouver un prénom unique, qui n'appartiendrait qu'à elle. Je devrais lui présenter les choses sous cet angle. Lui dire que, pour être comme moi, elle doit être une fille indépendante possédant un prénom qui lui est propre. Oui, bon plan.

— Je suis contente de vous rencontrer enfin, me dit Rose une fois que nos bols sont vides.

Littéralement, dans le cas de Mini-Kat, puisqu'elle l'a léché jusqu'à ce qu'il n'y ait plus rien. Je suis jalouse qu'elle soit toujours une enfant ayant le droit de faire ça. Si j'avais été seule chez moi, j'aurais fait la même chose, sauf que là, j'essaie de jouer les adultes.

— Moi aussi, je suis ravie de vous rencontrer.

C'est à peu près toute l'étendue de mes bonnes manières et de mes compétences en matière de bavardage. Espérons qu'elle ne se mettra pas à évoquer le temps.

— Est-ce qu'Y est là ? demande Gryphon. Je ne l'ai pas vue depuis longtemps.

Sa tante se marre.

— Moi non plus. Elle est encore avec ce garçon. Ah, les jeunes amours.

Il écarquille les yeux.

— Ma sœur a un copain ?

— Oh, je croyais que tu le savais. Bon, elle va me tuer de te l'avoir dit, mais oui, ça fait quelques semaines maintenant. Elle est à peine là, elle passe tout son temps chez lui. Je me souviens quand j'ai rencontré Jimmy. J'étais comme elle, je voulais rester à ses côtés chaque minute de chaque jour. Être séparés était du gâchis. Tu devrais lui demander de te le présenter. Je ne l'ai jamais rencontré, mais il a l'air charmant.

— Elle a dit qu'il était magnifiiiiiiiiique, intervient Mini-Kat. Elle étire toujours les « i » quand elle parle de lui. Magnifiiiiiiiiiique.

La voir agir ainsi, pleine de joie et d'innocence, me rend bien plus heureuse que je ne l'aurais cru. Cela signifie qu'il y a de l'espoir pour elle. Qu'elle a peut-être connu un début merdique dans la vie, mais que ce n'est pas pour autant qu'elle ne peut pas être heureuse. Peut-être qu'avec le temps elle pourra oublier le passé et repartir à zéro. Dans mon cas, il est trop tard pour que j'oublie ce que la Meute m'a fait, mais elle, elle a encore une chance.

— Oh que oui, je veux le rencontrer.

Gryphon n'a pas l'air ravi. Parce qu'il veut protéger sa petite sœur ? La contrôler ? Ou parce qu'il est jaloux ?

— Est-ce que vous restez pour le dîner ? nous interroge Rose.

Avant que je ne puisse lui demander s'il y aura des pancakes, Gryphon secoue la tête.

— Nous avons des choses à faire, mais merci pour l'invitation.

— Est-ce que je peux venir ? s'écrie Mini-Kat, pleine d'espoir.

— Je suis désolée, mais non. J'aimerais te parler avant de partir, c'est possible ? En privé ?

Rose me lance un regard intrigué, mais hoche la tête et nous conduit dans un petit salon. Ce n'est sans doute pas le seul de cette maison, bien trop cossue pour ça. Ça doit être une sorte de boudoir, un endroit où on attend ou bien où l'on boit un verre avant le repas. Qui sait ? Je ne m'y connais pas vraiment en habitudes de snobs.

— Quand est-ce que je pourrai rentrer à la maison ? demande Mini-Kat dès que nous sommes installées sur un canapé confortable jaune.

Ce n'est pas la couleur que j'aurais choisie.

Elle considère *Miaou* comme sa maison ? Elle y est restée… quoi ? Un jour ? Deux ? Et pourtant. Les enfants sont bizarres.

— Pour l'instant, il vaut mieux que tu restes ici. La Meute va riposter et peut-être même attaquer *Miaou*. Si cela se produit, je préfère que tu sois le plus loin possible du danger. Ils ignorent que tu es ici, donc tu seras en sécurité.

— Je serais aussi en sécurité avec toi, se plaint-elle. Tu me protégerais.

Je suis stupéfaite par sa confiance en moi. Est-ce parce que je suis son clone, sa grande sœur ?

— Je ferais tout mon possible pour te protéger, la rassuré-je, mais si la Meute décide de passer à l'offensive, nous serons en sous-effectif. Tu comprends ?

Elle me regarde dans les yeux et, après un moment d'hésitation, opine finalement.

Je lui souris.

— Ça a l'air plutôt sympa de vivre ici avec Rose. Des pancakes et de la glace, je suis presque tentée d'emménager avec vous.

Mini-Kat rit et se lèche les lèvres.

— Tante Rose est une super cuisinière. Elle me raconte des histoires, aussi. Tous les soirs.

— C'est sympa. Quel genre d'histoires ?

— Des trucs de princesses, de dragons et de vilaines sorcières. Je n'arrête pas de lui dire qu'il n'y a rien de vrai dans ces histoires, et elle répond toujours que c'est justement l'intérêt.

Cela me fait rire. Mini-Kat n'a pas l'habitude des contes de fées. Moi non plus, et encore moins à son âge. Il n'y avait pas d'histoires au coucher, avec la Meute. Parfois, je volais un livre à l'une de mes victimes afin de m'entraîner à lire, mais la plupart étant des ouvrages pour adultes, il n'y avait rien concernant des princes.

— Profites-en, lui dis-je. Tu as vécu des moments difficiles, alors profite de toutes les bonnes choses qui t'arrivent maintenant.

Elle opine gravement, comme si je venais de lui donner une consigne à suivre.

— Mais est-ce que je pourrai venir vivre bientôt avec vous ?

— Dès que le danger sera écarté, nous pourrons en reparler.

Sa déception se lit sur son visage. Elle n'a pas encore appris à cacher ses sentiments.

— Parce qu'il faut que je te trouve une jolie chambre, ajouté-je précipitamment, et un petit sourire réapparaît sur ses lèvres. Et tout ce dont tu as besoin. Je n'ai jamais eu d'enfant à domicile.

Je m'attends presque à ce qu'elle proteste, mécontente de se faire traiter d'enfant, mais elle se tait.

— Maintenant, avant de partir, il faut que je te pose quelques questions. Elles sont très importantes. Tu veux bien essayer d'y répondre ?

Elle hoche la tête, de nouveau très sérieuse.

— Quand tu étais avec Mamie Docteur, est-ce que tu as vu d'autres enfants ?

Elle fronce les sourcils et ses yeux deviennent vitreux, comme si elle plongeait à l'intérieur de sa tête pour fouiller dans ses souvenirs.

— Peut-être, murmure-t-elle au bout d'un long moment. Je les ai entendus parler d'autres, mais je ne suis pas sûre d'en avoir déjà rencontré. C'est dur de me souvenir, j'avais le collier.

Elle se frotte le cou, et je fais machinalement de même. Nous sommes toutes les deux endommagées. Espérons qu'elle, elle s'en remettra. Elle est encore jeune.

— As-tu vu des gens avec ta couleur de cheveux ? Elle est assez unique, ajouté-je en souriant.

Ils sont de la même teinte cuivrée que les miens, bien qu'ils aient l'air plus doux.

Elle fronce les sourcils et regarde au loin.

— Une fois… une femme, aussi vieille que toi, je dirais. Elle était sur une chaise à côté de moi. Elle ne m'a pas parlé, juste regardé très longtemps. Puis ils nous ont fait dormir toutes les deux et à mon réveil, elle n'était plus là.

Je serre les poings. Il doit s'agir du clone après moi, celui qui doit avoir seize ans maintenant. Pour Mini-Kat, l'adolescente devait lui paraître plus vieille. L'autre hypothèse, à savoir celle d'un clone plus âgé et dont nous ignorons donc l'existence, je choisis de l'ignorer.

— Je suis désolée, dit-elle en reniflant. C'est dur de me souvenir. C'est comme s'il y avait du brouillard partout et j'ai peur de me perdre en allant trop loin.

Je lui prends la main et la serre dans un geste que j'espère rassurant. J'ai vu d'autres personnes le faire, en tout cas.

— C'est bien. Nous trouverons les réponses, ne t'en fais pas. Si tu te rappelles quoi que ce soit d'autre, tiens-moi au courant. Tante Rose sait comment me contacter. Et tu devrais peut-être écrire aussi, pour ne pas oublier.

Elle écarquille les yeux.

— Je ne sais pas comment faire.

— Comment faire quoi ?

Elle pince les lèvres et détourne le regard.

— Écrire.

Oh bon sang. Ils ne le lui ont jamais appris. Les enfoirés.

— Tu sais lire, par contre, non ?

Elle opine avec frénésie.

— Oui. Un peu.

— Bien, c'est bien. Je vais parler à Rose, peut-être qu'elle peut t'aider et t'apprendre à écrire. Ça te plairait ?

Ses hochements de tête deviennent extatiques.

Je lui fais un grand sourire afin de cacher ma tristesse.

— Quand tout ceci sera terminé, nous pourrons peut-être t'envoyer à l'école, où tu pourras rencontrer des enfants de ton âge, te faire des amis, apprendre à lire, écrire et toutes sortes de choses.

— C'est vrai ?

— Oui. Mais d'abord, nous devons nous occuper de la Meute. Aucun de nous n'est en sécurité tant qu'ils existent.

Elle se mord la lèvre, puis cherche mon regard.

— Je me souviens d'une chose.

— Oui ?

— Ils m'ont emmenée dans une maison. Une maison bleue au toit rouge. Je ne me rappelle pas ce qu'ils m'ont fait là-bas, mais tu pourras peut-être trouver la maison. Elle était grande.

La douleur dans ses yeux me fait tressaillir. Aucun enfant ne devrait souffrir autant.

CHAPITRE 6

Pendant le trajet de retour, nous n'échangeons pas un mot. Gryphon ne m'a pas demandé ce que Mini-Kat m'a dit, et même si je sais que je lui en parlerai à un moment donné, je dois d'abord digérer la maltraitance qu'elle a subie entre leurs mains. Je le savais, bien sûr, vu l'état dans lequel nous l'avons trouvée. Mais voir la douleur dans ses yeux, son besoin désespéré de ne pas se remémorer ce qu'elle a traversé… ça m'a fait mal.

Moi qui ai toujours cru en avoir pris plein la tronche, je découvre que j'ai presque eu une enfance parfaite en comparaison de la sienne.

Il faut que je me distraie de mes sombres pensées, afin que mon cerveau redevienne fonctionnel et rationnel.

— Ta tante est gentille, lancé-je.

— Oui. Attends de goûter ses pancakes.

— Elle ne pense qu'à la nourriture ?

Il hausse les épaules.

— Elle ne parle pas beaucoup de sa vie du vivant de son mari. Alors oui, tout tourne autour de la nourriture pour elle. Elle adore parler des ragots de la ville, des livres qu'elle a lus, mais elle ne mentionne jamais le passé. Comme si elle s'obligeait à vivre dans le présent. Peut-être qu'elle a peur de redevenir folle si elle s'attarde trop longtemps sur le passé.

— Ça me paraît logique.

Je m'immobilise, et Gryphon me lance un regard interrogateur.

— Il faut qu'on parle. Si nous nous attaquons à la Meute, ça veut dire que nous allons nous en prendre à ta famille aussi. Tu as peut-être échappé à leur vigilance lors de notre visite au labo, mais si nous menons l'assaut sur la tanière, ils remarqueront très vite ton implication.

Il hoche la tête.

— Je sais.

— Tu m'as dit que ton père te tuera si tu le défies.

Gryphon hausse les épaules.

— Oui. Il peut essayer. Mais si la Meute n'existe plus, lui-même n'aura plus aucune influence sur cette ville. Ce qui l'obligerait à venir ici physiquement pour m'atteindre ou envoyer quelqu'un à sa place. Je connais sa façon de penser, je pourrai lui échapper. Et je le tuerai moi-même, si on doit en venir à ça.

Sa voix est d'airain, d'un métal forgé il y a très longtemps. Il est prêt à le faire.

— Je t'aiderai. Tu as combattu à mes côtés, alors je combattrai aux tiens.

Il se rapproche de moi. Sa proximité fait picoter ma peau.

— J'apprécie.

Sa voix a changé, elle est devenue plus grave, plus rauque.

Elle m'excite totalement. Si nous n'étions pas entourés de passants, je lui sauterais dessus. Je suis tellement tentée de glisser les mains sous son tee-shirt, de m'empaler sur lui ici comme si la fin du monde approchait.

— Kat.

Sa voix est un mélange de miel et d'herbe à chat, m'attirant dans ses filets. Je pose les lèvres sur les siennes avant d'avoir pu me retenir, et alors, nous nous embrassons, avec passion et ferveur, dans un ballet de langues, de souffles entremêlés. Un désir incandescent se répand dans mes veines. Si je ne me lie pas à Gryphon maintenant, il va se passer quelque chose. Je suis à deux doigts d'exploser, victime d'une énergie qu'il me faut dépenser.

Je sens à peine la piqûre de mes ongles se transformant en griffes. Je m'agrippe à son dos, le faisant gémir, m'attirer davantage contre lui, tandis qu'il me ravage avec sa bouche.

— Trouvez-vous une chambre ! crie quelqu'un.

Cela suffit à m'arracher à ma frénésie sexuelle. Je recule tandis que la chaleur disparaît de mon corps, remplacée par un soupçon de gêne. Fichue Kat en chaleur. Je ne couche pas avec les hommes de ma connaissance. Du moins, je ne le faisais pas *avant*. J'ai pour règle de satisfaire mes besoins avec des types avec lesquels je n'ai aucune attache. Et voilà que je viens de peloter un mec en pleine rue, sans me soucier qu'il soit un ami, un homme qui va rester à mes côtés. Je ne peux pas mettre cette relation en péril à cause de mes hormones malavisées.

Gryphon se racle la gorge.

— Ça te dirait d'aller chez moi ? Je n'habite pas loin.

Il a un logement ? J'ai envie de crier « Oui, ramène-moi chez toi et continuons ça ! ». Mais Kat la rationnelle prend le dessus.

— Nous devrions rentrer pour décider d'un plan.

Je pensais qu'il accepterait, sauf qu'il m'attrape par la taille et m'attire contre lui.

— Je ne crois pas, non. Kat, tu as éveillé le siren et tu ferais mieux de finir ce que tu as commencé.

Ses pupilles sont deux puits de désir vert sans fond et brillent d'une lueur surnaturelle. C'est ça, le siren en lui ? Y a-t-il un changement physique ou parlait-il juste de manière métaphorique ?

Sa voix n'est qu'un murmure rauque qui suffit à raviver la chaleur et, en même temps, le besoin de l'avoir en moi. Que Kat la rationnelle aille se faire voir.

Gryphon me prend la main, et je le laisse me guider à travers la foule. Nous nous frayons un chemin parmi des rues plus étroites, courant presque, désespérés de combler nos besoins.

— Si on n'y arrive pas très vite…, lancé-je, menaçante, alors que mes griffes sortent à nouveau.

Me faire prendre contre le mur d'une maison quelconque me paraît être une idée pas si mauvaise que ça, à l'heure actuelle. Mon sang bouillonne dans mes veines, mon corps hurle son besoin de soulagement. J'ai besoin de Gryphon, tellement besoin.

Je me fiche d'avoir couché avec Ryker il y a peu. Et avec Lennox peu avant. En cet instant, ce sont mes sens de félin qui prennent le dessus, et les félins ont plusieurs partenaires. Je me fiche à présent des conventions humaines. Je veux ce qui m'appartient, et Gryphon est un de mes gros lots.

— On y est presque.

Il est à bout de souffle, mais je ne saurais dire si c'est à cause de la course ou de sa lutte contre les besoins de son siren. C'est le premier de son espèce avec lequel je vais coucher. Est-ce que ça va être différent ? Sur le plan anatomique, peut-être ? Vais-je être surprise quand je vais lui arracher son pantalon en cuir noir ?

Un grand immeuble nous surplombe, sombre et menaçant. Pas le genre d'endroit où je voudrais vivre, et pourtant, c'est vers cette porte que Gryphon m'entraîne et me fait monter deux étages. Nous sommes enfin chez lui. Nous n'atteindrons jamais la chambre.

Ses vêtements finissent en tas désordonné au sol, et le voilà dans toute sa glorieuse nudité devant moi. Je lui ai laissé ses bottes, et le voir ainsi avec juste ces chaussures en cuir aux pieds m'excite encore plus. Un désir bestial s'empare de moi, me fait grogner. Je plaque Gryphon contre le mur.

Je le maintiens d'une main sur la gorge et ravage sa bouche, absorbe son souffle, le revendique *lui* tout entier. Je trouvais notre baiser dans la rue bestial, mais celui-ci l'est encore plus. Gryphon halète, et je me rends compte que j'ai serré un peu trop fort. Je relâche la pression, et il prend une grande inspiration. Ses yeux sont rivés aux miens, sans ciller, sans me quitter du regard.

C'est alors qu'il se met à chanter.

C'est une voix qui a du corps, comme un whisky hors d'âge auquel se mélange du miel, doux comme la soie. Son chant m'enveloppe, m'étreint, erre sur ma peau comme une centaine de mains.

Je m'écarte de lui, entièrement captive de son enchantement. Je retire mes vêtements, parce que la mélopée l'exige, et je m'offre à lui, mon siren. Sa musique caresse mon corps, me touche, me fait frissonner.

Gryphon reste debout devant moi, les mains sur son sexe, chantant toujours tandis que ses yeux parcourent mon corps, observent la façon dont son chant me prépare pour lui. Mes tétons durcissent et pointent sous l'effet de cette force invisible qui entoure mes seins. Je gémis, ayant désespérément envie de poser les mains sur lui, de m'accrocher à lui, mais Gryphon est trop loin. Il doit savoir ce dont j'ai besoin, et pourtant, il savoure son pouvoir, son contrôle.

La musique emplit ma tête, me montre des images de lui et moi entrelacés, liés, ne formant plus qu'un. Je me caresse moi-même, effleure mon intimité, parce que c'est ce que la chanson me dit de faire. Je pourrais sans doute lutter contre, briser le charme et partir, mais pour quoi faire ? C'est précisément ce que je veux et ce dont j'ai besoin.

Guidée par la musique, je recule jusqu'à ce que mon dos se retrouve contre le mur et j'écarte les jambes. Gryphon bouge enfin, s'avançant vers moi, le membre raide et prêt. Et lorsqu'il me pénètre enfin, il me remplit entièrement. La musique devient sauvage et nous baisons comme des animaux, mes griffes enfoncées dans sa peau, ses dents dans mon cou, tandis qu'il plonge en moi avec une ferveur qui me fait gémir à chaque coup de reins. Nous ne sommes plus humains et ne faisons plus semblant de l'être. Nous sommes des créatures de la nuit, destinées à suivre leurs instincts, et c'est au moment où je le réalise que je me laisse aller.

Rien ne compte à part lui. Ses caresses. Son chant. Son corps contre le mien. Notre danse, cette musique qu'il crée, cette mélodie qui n'appartient qu'à nous, née de la sauvagerie de nos cœurs.

J'ai le corps endolori lorsque je refais lentement surface, après que le désir pur a contrôlé mon esprit. Nous sommes sur le lit, bien trop petit pour nous deux, si bien que je suis à moitié vautrée sur Gryphon et que j'ai une jambe pendant dans le vide. Nous avons pris une douche, puis nous sommes affalés sur le tapis du salon, avant de reprendre une douche, et nous sommes désormais dans le lit, mais le désir qui pulsait dans mes veines se calme enfin. Mes muscles sont douloureux des différentes positions étranges que la voix de siren de Gryphon nous a fait essayer. Je ne sais pas trop dans quelle mesure il contrôlait tout ça lui-même.

Je n'ai aucun regret, cependant. Les courbatures en valent carrément le coup.

Je me lèche les lèvres, assoiffée, mais me lever du lit requiert bien trop d'effort. Je préfère m'allonger sur le torse de Gryphon et écouter le battement régulier de son cœur.

— Merci, souffle-t-il.

J'entrouvre un œil.

— De quoi ?

— D'avoir accepté le siren. De ne pas avoir pris la fuite.

Je souris de bonheur.

— C'était beaucoup trop agréable pour vouloir fuir.

Gryphon s'étire et se cogne les poignets au mur derrière lui. Cette chambre est définitivement trop petite pour deux personnes. Tout l'appartement est minuscule, mais j'imagine qu'il est conçu pour une seule personne. Je n'ai pas encore vu la cuisine, cela dit ; j'espère que le frigo est rempli de nourriture grasse. Je ne mange jamais sainement après le sexe. Mon corps a besoin de stocker une tonne de calories pour compenser la perte d'énergie.

— Je ne peux pas faire ça avec des humaines, poursuit Gryphon d'une voix calme, qui trahit les regrets qu'il éprouve. Elles en meurent. Le siren est trop puissant.

— Elles meurent à cause du sexe ? m'étonné-je.

— Non, à cause de l'énergie que le siren leur extrait. Un peu comme le font les succubes, sauf que les sirens ne se nourrissent pas que grâce au sexe. La peur fonctionne aussi. La plupart des émotions, d'ailleurs, mais ma famille préfère se nourrir de la peur.

Il rit froidement.

— Une des nombreuses raisons de mon départ.

— Donc… ça veut dire que tu t'es nourri de moi ?

Il m'attrape par le menton pour me forcer à le regarder.

— Tu ne t'en es pas rendu compte ?

— Non.

— Mais… tu ne te sens pas fatiguée ? Épuisée ?

— Si, mais c'est normal après ce que nous venons de faire. Je ne me sens pas anormalement crevée.

Il fronce les sourcils, me maintenant toujours en place.

— Étrange, parce que je sens que le siren s'est nourri. Il est satisfait et détendu. Je ne m'étais pas senti si apaisé depuis des siècles.

— Tu en parles comme si le siren ne faisait pas partie de toi. Je croyais que tu étais un siren ?

Il tressaille.

— Je me qualifie de siren, c'est mon espèce, mais je suis en réalité un peu entre les deux. Ma part siren réside au fond de moi. Peut-être suis-je le seul à le voir ainsi, peut-être est-ce juste un mécanisme de défense que j'ai développé pour me convaincre que ce n'est pas *moi* qui fais tout ça. Mais oui, il est séparé de moi, et c'est moi qui le contrôle la plupart du temps. Cependant, quand il n'a pas été nourri depuis longtemps, c'est plus difficile à faire. Lorsque tu m'as aguiché dans la rue tout à l'heure, j'ai failli perdre le contrôle. La seule manière de le reprendre provisoirement a été de promettre au siren que j'allais te ramener ici. Afin que nous puissions te prendre.

Il repose gentiment ma tête sur son torse, sans doute pour éviter mon regard. J'y ai quand même lu la honte qu'il éprouve, même une seconde. Il se reproche quelque chose qui ne s'est même pas produit.

— Tu ne t'es pas nourri de moi. Je te promets que si je l'avais voulu, j'aurais pu lutter contre le chant du siren, mais je ne le voulais pas. J'avais autant besoin de toi que toi de moi.

Il rit tristement.

— J'en doute.

Je prends une grande inspiration, regrettant presque déjà ce que je m'apprête à dire.

— Je suis en chaleur. Comme les chattes. Ce que je suis, en quelque sorte. Donc je suis une chatte en chaleur. Sauf que ça ne m'était jamais arrivé et je ressens l'envie de sauter sur tout ce qui bouge. Maintenant que j'ai couché avec toi, ça va mieux.

Les mots s'échappent de mes lèvres. Mes pensées sont embrouillées. Je n'aurais pas dû le lui dire. C'est trop gênant. Trop révélateur. Ne jamais révéler aux autres ce qu'il vaudrait mieux qu'ils ignorent. C'était l'un de mes mantras, avant. Ne t'expose pas. Ne leur montre pas ce que tu ressens, ce que tu penses.

Je ne suis plus assez forte pour suivre ces règles. Je suis devenue faible. Émotive. Humaine. Il faut que je laisse libre cours à mon félin pendant quelques jours afin de combattre mon humanité. Puis je me tiendrai à l'écart de Gryphon, Ryker et Lennox. Et de toutes les personnes présentes chez *Miaou*. Je suis bien trop proche d'eux. Cela me distrait du plus important.

— Tu es en chaleur, répète Gryphon. Est-ce que tu vas te frotter contre ma jambe, aussi ? Tu comptes pisser sur mes chaussures ?

Je me redresse et le fusille du regard, à moitié amusée quand même.

— Ma chatte faisait ça, m'explique-t-il avec un sourire narquois. Elle s'asseyait sur mes chaussures préférées et les remplissait littéralement de son urine. Tu n'imagines pas comme j'ai été soulagé le jour où nous l'avons stérilisée.

Je me raidis. Son sourire s'élargit.

— Ne t'en fais pas, je n'ai pas l'intention de te stériliser. Cela dit, je suis désolé, parce que le siren ne pense jamais à des détails comme les protections. Est-ce que… tu pourrais tomber enceinte ?

Je le fixe, stupéfaite. Je n'y avais pas pensé.

— J'en doute. Peut-être que si j'avais couché avec un métamorphe félin, oui, mais là…

Merde.

CHAPITRE 7

Si les tests de grossesse pour chats existent, je n'en ai jamais vu. Alors je vais à la pharmacie et m'achète une pilule du lendemain. Elles sont faites pour les humains, mais après tout, c'est ma part humaine qui donnerait naissance, pas ma part féline. En tout cas, je n'ai jamais entendu parler de métamorphes tombant enceintes sous leur forme animale. Ce serait… non, je suis mal placée pour juger.

Lorsque nous revenons au quartier général de *Miaou*, mon bonheur a lentement fait place à un nouveau désir pressant. C'est de pire en pire. Je me sens déjà d'attaque pour coucher à nouveau. Ça ne peut pas continuer comme ça. Cela ne me ressemble pas. J'ai bien trop de travail à faire, je ne peux pas négliger *Miaou* à cause de mes stupides problèmes d'hormones.

— Tu es partie longtemps ! crie Lily depuis l'étage dès que je pose le pied à l'intérieur de la maison. Gryphon est avec toi ?

— Oui ! répond-il en m'adressant un regard interrogateur.

Je hausse les épaules. Je ne sais pas pourquoi Lily a besoin de lui.

— Kat ?

Cette fois, c'est Bethany qui hurle, depuis le labo en dessous de nous.

Je soupire.

— Pourquoi est-ce que tout le monde a besoin de moi ?

Gryphon éclate de rire.

— C'est bien pour ça que je bosse en solo. Je ne sais pas comment tu fais pour être responsable d'autres personnes.

— Crois-moi, la plupart du temps, je le regrette.

Soupirant, je me rends au sous-sol, décidant que Beth doit avoir un problème plus urgent et plus excitant à résoudre. Après tout, elle travaille sur les expériences de clonage de la Meute.

Elle me rejoint à la porte du labo et retire son manteau.

— Est-ce que Ryker est là ? demande-t-elle.

— Aucune idée, je viens juste de rentrer. Pourquoi ?

— J'ai analysé l'ADN de Citrouille. Je pense que c'est à lui que je devrais en parler en premier.

J'opine.

— Ce sont de bonnes ou de mauvaises nouvelles ?

— Tout dépend de s'il veut que Citrouille soit un métamorphe ou non. J'ai aussi trouvé des trucs intéressants sur tes cl… sœurs.

— Quoi ?

Nervosité et excitation s'emparent de moi.

— Je sais ce qui est arrivé à au moins deux d'entre elles.

Je la dévisage, stupéfaite, puis l'attrape par les épaules.

— Dis-le-moi. Tout de suite.

— Elles ont été vendues.

Des morceaux de mon cœur se brisent. Vendues. Comme du bétail. Comme des esclaves.

— Où ? Quand ? soufflé-je en essayant de reprendre le contrôle de mes émotions.

— Il y a deux ans environ. K4 et K5.

— À qui les ont-ils vendues ?

Rien que la question me laisse un goût amer dans la bouche.

— Elles sont jumelles et ont été vendues à quelque chose ou quelqu'un du nom de Trauerstein. À Stormborough, d'après les dossiers. C'est tout ce que je peux te dire, car je n'ai qu'une simple facture.

Elle déglutit, partageant ma douleur.

Une facture. Comme pour des objets mis en vente. Pas considérées comme des enfants. Pas des petites filles me ressemblant en tout point. Je commence à croire que je suis celle des dix qui s'en est le mieux sortie. J'ai quitté la Meute vivante, sans dommages permanents. J'ai maintenant une vie, dans laquelle je prends mes propres décisions, où je suis une femme indépendante. Je suis libre. Mes sœurs, en revanche… Comment savoir combien sont toujours en vie ? Quarante-trois d'entre elles n'ont pas survécu à leur première année de vie. C'est si horrible. Toute cette histoire l'est.

— Je n'ai jamais entendu le nom de Trauerstein. C'est peut-être une organisation, comme la Meute. Je vais poser la question aux autres, peut-être que l'un d'eux sait quelque chose.

Je me détourne, me cachant le visage. Je ne veux pas que Bethany voie que je suis sur le point de fondre en larmes.

Les chats ne pleurent pas. Les humains, si. En cet instant, je suis comme ces humains qui s'enferment dans la salle de bains pour essayer de tarir leur flot de larmes. C'est peut-être dû au déséquilibre de mes hormones actuellement. Ou peut-être à ma tristesse.

Avant que je ne rencontre Mini-Kat, j'ignorais qu'il y en avait d'autres comme moi. Maintenant que c'est le cas, ça me fait peur de penser que nous ne sommes peut-être plus toutes en vie.

— Kat ?

Alors que je remonte les marches, Ryker m'intercepte. J'ignorais qu'il était dans la maison. Il tient Citrouille dans ses bras musclés. Son fils me lance un miaulement joyeux. Il ne sait pas ce qu'il se passe. J'aimerais pouvoir en dire autant.

Je m'essuie les yeux, essayant de cacher mes larmes traîtresses.

— Qu'est-ce qui ne va pas ? s'inquiète Ryker en me parcourant du regard, cherchant la moindre blessure.

Mais il ne peut pas les voir, elles sont cachées au fond de moi ; ces éraflures de mon cœur, qui ne guériront jamais.

— Je t'en parlerai plus tard, répliqué-je d'une voix étranglée et brisée.

Mieux vaut que je ne dise rien tout de suite. Je ne veux pas qu'il perçoive ma faiblesse.

— D'accord, je te prends au mot. Lily m'a dit que Bethany avait les résultats de l'analyse de Citrouille.

Il caresse le pelage de son fils.

— Tu veux venir découvrir ce qu'il est ?

Retourner au laboratoire ? Affronter Beth et me remémorer ce qu'elle vient juste de me dire ?

— Non, vas-y. Il vaut mieux que tu fasses ça seul, je pense.

Sa déception se lit un instant sur son visage, puis elle disparaît, remplacée par l'inquiétude.

— Tu es sûre que ça va ?

Je hausse les épaules.

— Vas-y, va parler à Bethany.

Je pense que s'il n'avait pas eu un Citrouille impatient dans les bras, il serait resté m'interroger, mais heureusement, le chaton miaule tout haut et Ryker s'éloigne en soupirant.

Enfin seule.

Je monte lentement l'escalier, déterminée à rejoindre ma chambre. Mon hamac et une grosse couverture me paraissent parfaits à l'heure actuelle. Pour me cacher de ce monde horrible et cruel.

— Kat ?

Je fais volte-face et fusille Lennox du regard. Ils ne peuvent pas me laisser tranquille, eux tous ?

— Quoi ? aboyé-je.

— Rien, balbutie-t-il, stupéfait par ma colère. Quelque chose ne va pas ?

Je le dévisage. Il est sérieux, là ?

Et alors, je me mets à rire. Il me demande si quelque chose ne va pas, c'est hilarant.

Mon rire étranglé se transforme en éclats hystériques. Lennox me fixe, impuissant, puis je me jette dans ses bras et il me serre fort contre lui, me faisant l'effet de cette couverture que je désirais temps. Je me fige, mon rire s'interrompt. Je devrais m'enfuir. Me cacher. M'éloigner de lui. Je ne veux pas qu'il me voie comme ça.

Mais au même moment, il me frotte le dos, et je me laisse aller. Les larmes inondent son tee-shirt, preuve humide de ma douleur. Je préférerais être blessée. Il est bien plus facile de gérer une lacération sanguinolente que mes yeux remplis de larmes.

De ses mains, il trace de gentils cercles dans mon dos, m'obligeant à me détendre. Je me laisse faire, blottie contre lui, inquiète à l'idée qu'il me repousse. Il ne connaît pas cette Kat, après tout. J'ai toujours été forte en sa présence. Sauf en cet instant. C'est tout le contraire. Brisée, triste, en manque de chaleur. J'ai besoin que quelqu'un me dise que tout ira bien, que mon monde va s'améliorer, mais bien sûr, je ne peux pas demander ça à Lennox.

Je n'en ai pas besoin non plus.

— Tout ira bien, me murmure-t-il, comme s'il avait lu dans mes pensées.

Cela ravive le flot de larmes.

— Nous trouverons une solution pour traverser ça, Kat. Tu

survis toujours, et ce sera encore le cas cette fois. Nous nous en sortirons tous, et nous en serons grandis.

Je ne sais pas trop ce qu'il sous-entend, mais je le laisse me réconforter avec ses paroles, m'en repaissant comme du moindre rayon de soleil les jours de pluie.

Le sentant changer de position, je m'agrippe à lui, inquiète qu'il s'en aille.

— Ne t'en fais pas, souffle-t-il. Je t'emmène juste dans un endroit plus confortable.

Il me soulève dans ses bras, me serrant contre son torse, me berçant comme un bébé. La Kat normale l'aurait tué pour ça, mais elle est partie, remplacée par moi, la faible et vulnérable Kat. Je le laisse me porter jusqu'au salon, où il me pose gentiment sur le canapé avant de s'en aller pour fermer les portes de l'intérieur. C'est bien Lennox, ça, d'être attentif aux besoins de tout le monde. Il sait que je ne veux pas que les autres me voient comme ça, alors il fait en sorte que ça n'arrive pas.

Il revient vers moi, s'assied à mes côtés et me reprend dans ses bras. Si mes larmes coulent toujours, mes sanglots commencent à se tarir. Avoir Lennox à mes côtés m'aide. Il m'apaise, m'aide à garder les pieds sur terre et à me sentir en sécurité.

Je m'appuie contre lui tandis qu'il me caresse les cheveux et le dos. À chaque effleurement, je me calme un peu plus, jusqu'à ce que mes larmes cessent enfin de couler. Pourtant, je ne bouge pas. Je ne veux pas briser cet instant. Je n'ai jamais été aussi heureuse d'avoir Lennox à mes côtés. J'ai besoin de lui. Il est fiable, sûr, et je sais que je peux lui faire confiance même si nous avons été séparés pendant dix ans. Il ne tirera pas profit de ma faiblesse. Non, il m'aidera à être une femme meilleure, et je ferai la même chose pour lui. Nous sommes amis et le resterons toujours.

❦ ❊ ❋ ❊ ❋ ❊ ❦

Citrouille s'est installé sur mes genoux et ronfle tout bas. Il n'a pas l'air de s'inquiéter beaucoup pour son ADN, contrairement à son père, qui fait fébrilement les cent pas dans la pièce, tandis que nous sommes tous installés sur les fauteuils et canapés. Bien que je sois appuyée contre Lennox, personne n'a fait le moindre commentaire. Ni Ryker, avec qui j'ai couché dans ma chambre à l'étage, ni Gryphon, que j'ai baisé comme un animal dans son appartement. Il n'y a aucune jalousie dans leur regard. C'est surprenant. J'ai peut-être mal interprété leurs intentions. Ou alors, ils ont suffisamment confiance en eux pour ne pas craindre que je puisse en préférer un parmi les trois.

Lily nous a préparé du chocolat chaud. Bon, je pense qu'elle l'a surtout fait pour moi après avoir vu mes yeux cerclés de rouge et mon nez gonflé. Et Bethany nous a offert ses biscuits au chocolat préférés. Ben en croque bruyamment deux d'un coup, brisant le silence qui est tombé sur la pièce.

Ryker cesse enfin ses va-et-vient et s'immobilise derrière le canapé qui me fait face. Ses yeux sont sauvages, plus félins que d'ordinaire.

— Citrouille n'est pas totalement un métamorphe, lance-t-il tout à coup, attirant tous les regards. Mais il n'est pas non plus un simple chat, d'après les résultats de Bethany.

Il se passe une main dans les cheveux, manifestement déboussolé. Moi qui espérais qu'il obtiendrait une réponse claire, il s'avère qu'il est plus perdu que jamais.

— Le gène métamorphe est sans doute inactif, explique Bethany. Je ne suis pas sûre qu'il soit assez dominant pour qu'il puisse se transformer complètement, mais nous n'aurons peut-être la réponse que dans quelques années. À l'heure actuelle, il est surtout un chat.

— Je pense qu'il nous comprend mieux, nous, les humains,

que la plupart des chats, intervient Benjamin, hésitant. Quand je lui parle, j'ai le sentiment qu'il saisit chaque mot. Les autres chats réagissent surtout à mon langage corporel, mais c'est différent avec Citrouille. C'est peut-être dû à ses parents.

Ryker opine.

— Peut-être. Il a toujours été plus malin que la plupart des chats, mais j'ai toujours mis ça sur le compte de son éducation. J'ai fait beaucoup d'efforts pour lui enseigner des choses, pour créer cette nursery pour tous les chatons. Tous les parents n'ont pas le temps ou l'idée de faire ça.

Citrouille éternue soudain, ce qui fait trembler tout son corps, mais il dort encore. Je lui souris, lui enviant cette capacité à dormir malgré tous les problèmes que nous avons.

— J'imagine que nous ne pouvons pas faire grand-chose de plus qu'attendre de voir ce qu'il devient en grandissant, marmonné-je, tentée de caresser le chaton.

Je me retiens cependant pour ne pas le réveiller. Il a bien mérité sa sieste.

— La plupart des chiots nés d'un parent humain et l'autre métamorphe loup s'avèrent être des humains avec un fort caractère, explique Lennox, qui observe Citrouille avec curiosité. Mais les chats et les loups sont si différents sur bien des points, alors qui sait ?

Ryker opine.

— Nous verrons bien. Je vais faire en sorte qu'il soit souvent en contact avec des humains, comme ça, s'il s'avère métamorphe, il connaîtra déjà leur comportement et saura s'adapter.

Pas s'il a les yeux de la même couleur que Ryker. Je ne formule toutefois pas cette pensée, je ne veux pas inquiéter le père plus qu'il ne l'est déjà. Ryker ne pourrait jamais se faire passer pour un humain avec ses yeux aussi brillants. Des yeux magnifiques rivés sur moi à l'heure actuelle. Je me plonge dans leurs nuances de miel, et mes hormones s'éveillent à nouveau. Argh, pas encore.

Il hausse un sourcil. Merde, il a dû percevoir mon désir. Comment vais-je rester saine d'esprit en sa présence ? Au moins, les deux autres semblent ignorer que ma féminité est en train de palpiter et que mes seins se pressent contre le tissu de mon tee-shirt.

Il faut que je fasse d'autres recherches. Je trouverai peut-être une solution pour pallier ma situation délicate. Je ne la supporte plus. Si ça doit continuer encore des jours, voire des semaines… j'en mourrai d'embarras. Je devrais sans doute partir en pèlerinage très loin d'ici et de la tentation. Et des hommes qui me regardent comme Ryker en cet instant.

— Qu'allons-nous faire concernant la Meute ? demande Lennox, que je remercie mentalement pour la distraction.

Je me tourne vers lui, en espérant que Ryker a cessé de me fixer.

— Je pense que mes sœurs sont la priorité à l'heure actuelle. Je sais que tous les métamorphes souffrent sous le joug de la Meute, mais vu les preuves dont nous disposons, mes sœurs ont en prime été victimes d'expérimentations, de torture, de maltraitance. Et maintenant, la Meute sait que nous sommes au courant pour elles, alors ils vont probablement se servir d'elles pour faire pression sur moi. Ils vont peut-être même leur laver le cerveau histoire de les envoyer me tuer. Je ne suis pas sûre d'être capable de les assassiner, si on en arrive là.

J'en ai une boule dans la gorge. Même quand j'envisageais le fait que Mini-Kat soit un piège tendu par la Meute, je n'aurais pas été capable de lui faire du mal. La plus vieille de mes sœurs a environ seize ans, ce qui signifie que c'est encore une enfant. Je ne fais pas de mal aux enfants. Jamais.

Gryphon hoche la tête.

— Je suis d'accord. Je n'ose imaginer tout ce que Mini-Kat

a pu subir. Si les autres sont toujours en vie, nous devons les trouver et les libérer.

Bien qu'il semble sur le point de protester, Lennox ne dit rien. Il a fait partie de la Meute, alors c'est s'en prendre à elle qui doit être sa priorité, sans doute.

— Sauver les filles sera un coup porté contre la Meute, déclaré-je, surtout à son intention. Ils les ont créées pour en faire des armes, alors les perdre pourrait bouleverser les plans de ce qu'ils essaient d'accomplir.

Lentement, Lennox opine.

— Je sais, mais j'ai attendu si longtemps de m'attaquer à la Meute, et maintenant que j'en ai l'opportunité… mais j'ai saisi et je suis d'accord. Les filles d'abord, puis nous détruirons la Meute une bonne fois pour toutes.

Ça a l'air si facile, quand il le dit comme ça. J'aimerais que ce soit vrai.

— Nous sommes dix sœurs, résumé-je. Huit sont donc toujours dans la nature. Deux d'entre elles ont été… vendues à quelqu'un à Stormborough. Est-ce que l'un de vous a des contacts là-bas ?

À ma grande surprise, Lily lève la main.

— Ma sœur. Elle fréquente l'académie des succubes, là-bas. Je vais l'appeler.

— Merci. Beth peut te donner plus de détails.

Moi, non. J'en suis incapable. Rien que de leur dire que deux de mes sœurs ont été vendues comme des esclaves m'a rendue malade.

Lennox m'entoure d'un bras et m'attire contre lui.

— Nous les retrouverons, murmure-t-il. Nous les sauverons, ne t'en fais pas. Et nous ferons en sorte que la Meute ne puisse plus jamais faire ça à d'autres.

— La plus jeune des cl… des sœurs de Kat, intervient Beth en me lançant un regard d'excuse pour son lapsus, n'a que trois ans. Puis il y en a encore une entre elle et Mini-Kat. Les deux filles qui sont désormais à Stormborough ont quatorze ans toutes les deux, elles sont jumelles. Enfin, techniquement, elles sont toutes identiques, mais ces deux-là ont été créées en même temps. Sans compter Kat, il n'y en a que deux autres plus vieilles qu'elles.

— Je pense que nous devrions chercher les plus vieilles en premier. Avec un peu de chance, elles sont autorisées à se déplacer à l'extérieur, peut-être à effectuer des missions, comme je le faisais à leur âge. Ça devrait être plus facile de les trouver. Mais je doute qu'elles soient dans cette ville. J'aurais reconnu leur odeur.

— Oui, moi aussi, ajoute Lennox. Je tombe parfois sur ton odeur, Kat, mais je la connais suffisamment bien pour être certain que c'est bien la tienne. Je ne sais pas si c'est pareil pour vous, les félins, mais les loups peuvent déterminer l'âge d'une personne à partir de son odeur. Si la métamorphe avait été plus jeune que toi, je l'aurais senti.

Je soupire.

— Je ne suis jamais sortie de cette ville. Je n'ai pas de contacts dans les autres. Et si toutes mes sœurs avaient été envoyées loin ? Comment les retrouver ?

— C'est à ça que te sert ton équipe, me rassure Lily. Je vais contacter ma sœur et les autres succubes que j'ai rencontrées lors du festival. Elles viennent de partout dans le monde, donc j'ai des relations, maintenant. Elles seront peut-être juste capables de repérer un métamorphe, sans deviner de quel genre il s'agit, mais avec une description de toi, ça devrait aider. Si elles te ressemblent toutes, nous devrions commencer à distribuer des dessins de toi et peut-être aussi de Mini-Kat.

— Est-ce que ça n'attirera pas l'attention sur elles ? s'inquiète Ryker.

Je hausse les épaules.

— La Meute me connaît déjà et ils savent que j'ai libéré Mini-Kat. Ils savent à quoi je ressemble. Mais nous devons faire attention à bien vérifier toutes les informations que nous recevrons. La Meute va sans doute essayer de nous tendre un piège, alors tous les tuyaux peuvent être faux. Et dangereux.

— Je peux essayer de contacter certains amis, intervient Gryphon avec hésitation. Mais je ne sais pas trop combien sont fiables. Je préfère garder ça en dernier recours.

J'opine simplement avant que les autres ne lui posent des questions auxquelles il ne voudrait pas répondre, puisqu'il ne leur a pas révélé son espèce. Un jour, il devra le leur dire, mais je comprends pourquoi il se montre réticent. Sa famille dirige *grosso modo* la Meute, de même que d'autres organisations similaires à travers le pays. Ce serait facile de le soupçonner d'être toujours l'un de leurs membres en secret. Moi, cependant, je le connais. Je lui fais confiance.

— Je dois pouvoir me servir du réseau de mon employeur pour creuser un peu, annonce Lennox en se passant la main dans les cheveux. Je suis sûr que je peux trouver une bonne excuse. Et je connais quelques métamorphes qui voyagent. Ils pourront me dire s'ils ont déjà croisé une métamorphe panthère. Il n'y en a pas beaucoup, des comme toi.

Je lui souris, et ses yeux azur me rappellent quelque chose.

— Mini-Kat m'a parlé d'une maison bleue, dans laquelle elle a déjà été emmenée. Une maison bleue avec un toit rouge.

— Ça ne devrait pas être trop difficile à trouver, dit Ryker. Je ne pense pas qu'il y en ait beaucoup de semblables. Mais je ne suis pas sûr que mes chats puissent nous aider, parce qu'ils ne voient pas les couleurs de la même manière.

Intéressant. Sous ma forme de panthère, le monde est juste un peu plus terne que quand je suis humaine ; toutefois, les couleurs sont juste les mêmes, en moins intenses. J'ignorais que c'était différent pour les chats.

— Je connais une maison qui ressemble à ça, lance Ben, très silencieux jusqu'ici, mais qui semble ravi de pouvoir enfin participer. Elle n'est pas très loin d'ici, à vrai dire. À deux pas du *Pub du Noyé*. Toutes les maisons de cette rue sont colorées. D'après ce qu'on dit, c'est pour que les ivrognes puissent reconnaître la leur plus facilement.

Bethany ricane.

— Je ne me suis jamais rendue au *Pub du Noyé*, mais je crois que c'est le moment. Une sortie ce soir, ça vous dit ?

CHAPITRE 8

Cela me fait bizarre d'être entourée d'autant de gens en même temps. Gryphon, Lennox, Beth, Benjamin et Lily marchent à mes côtés pour rejoindre le pub. Enfin, pas sûr que nous arrivions jusque-là. Nous devons d'abord vérifier cette maison bleue.

Ryker est parti faire le point avec ses chats et a emporté Citrouille avec lui. Je pense qu'il a besoin d'un peu de temps pour assimiler le fait qu'il ne sait toujours pas si son fils sera capable de se transformer un jour. J'aurais aimé que nous puissions lui donner une réponse plus claire. L'ignorance est toujours pire que la connaissance.

Bien que nous soyons un jour de semaine, les rues bourdonnent des gens vaquant à leurs différentes occupations pour la soirée. Le quartier où nous nous rendons n'est pas l'un des plus charmants de la ville. Des prostituées sont appuyées contre les murs, dévoilant bien trop de peau, tandis que des hommes lorgnent leurs seins à moitié exposés. Des ivrognes traversent la rue en titubant, incapables de marcher droit. Le soleil n'est même pas encore couché et eux sont déjà bourrés.

Je n'aime pas trop l'alcool. Il me fait perdre le contrôle de mes sens, ce qui est la pire chose qui puisse arriver à un assassin.

Lennox me prend par le bras, à ma grande surprise. C'est un geste très intime, qui ne me ressemble pas. Je ne suis pas du genre à tenir la main des hommes en marchant.

Pendant que je cherche un moyen de le lui dire, Gryphon l'imite de l'autre côté. Je suis coincée entre les deux hommes. À croire qu'ils l'ont fait exprès.

Lily pousse des sifflements d'encouragement dans notre dos. Garce. Je parie qu'elle s'éclate bien. Elle sait combien je déteste les contacts.

Si ces deux hommes avaient été n'importe qui d'autre, je les aurais déjà embrochés, mais je ne peux pas le faire. Ils sont trop précieux pour que je les blesse. J'ai besoin d'eux pour sauver mes sœurs et renverser la Meute. C'est tout. C'est la seule raison. Mon cœur battant plus vite à leur proximité n'a rien à voir avec ça.

— Quand tout sera terminé, nous pourrions peut-être aller dîner dans un endroit sympa, marmonne Gryphon pour que seuls Lennox et moi puissions l'entendre.

— Tu proposes un rencard ? répond Lennox, qui a l'air excité par cette idée. Avec nous deux ?

Gryphon hausse les épaules.

— Tu es là, je suis là, nous voulons Kat tous les deux, elle veut de nous deux, donc oui, faisons ça.

Je m'immobilise brusquement, et ils se retrouvent à trébucher le temps de s'en rendre compte.

— Attends une seconde. Qu'est-ce que tu as dit ?

Les trois employés de *Miaou* nous contournent. Bethany est hilare.

— On vous attend au pub.

Lily et elle ricanent si fort que j'ai très envie de leur balancer quelque chose sur la tête.

Elles me laissent face à mon destin. Gryphon et Lennox

attendent que les autres ne soient plus à portée de voix. Comme c'est gentil à eux.

— Elle n'a pas dit non, fait remarquer Gryphon. Tu me dois un billet de cinq.

Cette fois-ci, je les lâche et les repousse. Les mains sur les hanches, je les fusille du regard.

— Vous prenez des paris ? m'écrié-je, éberluée par leur audace.

Lennox m'adresse un sourire penaud.

— C'est arrivé comme ça. Nous avons discuté de la meilleure manière d'aborder le sujet avec toi. Je me suis dit que tu protesterais tout de suite, alors nous devions essayer d'être un peu plus subtils.

— Vous avez eu une conversation, bredouillé-je.

Mon cœur et mon cerveau se battent pour savoir qui va avoir le droit de réagir.

— J'ai senti son odeur sur toi, m'explique Lennox. Alors je l'ai pris à part. Je voulais connaître ses intentions envers toi.

— Elles sont très bonnes, intervient Gryphon.

— Oui, je ne crois pas qu'il veuille te briser le cœur. Et moi non plus. Donc je pense que tu peux nous gérer tous les deux ?

— Pas en même temps, ajoute très vite Gryphon.

Lennox me décoche un sourire narquois.

— À moins que ce ne soit ce que tu veuilles.

Je lève les mains, l'esprit tournant à plein régime. Est-ce que j'hallucine ? C'est un effet secondaire de mes chaleurs ?

— D'où ça vient, tout à coup ?

Le sourire de Lennox s'efface un peu.

— Je voulais te montrer que je te veux. Pas seulement mon loup, mais moi aussi. Je comprends que ça fasse beaucoup et que tu aies besoin de temps, et c'est d'accord. Je voulais juste revendiquer mon droit avant que les deux autres le fassent aussi.

Je dégaine d'instinct deux lames et les plaque contre leurs gorges.

— Je ne suis à personne. Personne n'a de droit sur moi. Je suis une femme indépendante, et vous feriez mieux de le comprendre.

Gryphon cligne des paupières. Ses magnifiques yeux verts sont chargés d'une émotion que je n'arrive pas à déterminer.

— Tu peux nous revendiquer, si tu veux, dit-il d'une voix rauque. N'importe quel sens me va. C'est toi qui gères.

Lennox m'observe un long moment, puis penche la tête.

— C'est toi qui gères.

Je ne sais pas quoi dire. Ou faire. L'ancienne Kat serait partie en courant. Après les avoir empoisonnés, sans doute, pour les faire souffrir quelques heures.

La Kat en chaleur, en revanche, les veut. Pas empoisonnés, mais en vie et virils. Avec moi.

Je les fixe tous les deux. Gryphon, vêtu de noir comme toujours, avec son visage marqué et ses yeux verts lumineux. Lennox, plus large et grand que l'autre homme, avec ses cheveux aussi noirs que les vêtements de Gryphon et des yeux couleur azur qui semblent pétiller quand il me regarde. Tous deux sont magnifiques et l'éventualité qu'ils m'appartiennent me fait trembler. Mais une petite voix dans ma tête, avide, me rappelle qu'il y a quelqu'un d'autre. Ryker. Si j'accepte leur offre et sors avec eux deux, ne serait-ce pas injuste pour le métamorphe chat ? J'ai envie d'être avec lui aussi. Oui, je suis carrément avide, mais mon état hormonal actuel fait que je n'en suis même pas désolée.

Je prends une grande inspiration.

— Je n'irai pas en rencard avec vous aujourd'hui.

Je les observe minutieusement et remarque la déception qui s'affiche sur leurs deux visages. Oui, ils étaient sérieux. Ils me veulent vraiment. C'est rassurant.

— Parce que Ryker n'est pas là. Parlez-lui, ajoutez-le à vos discussions bizarres entre hommes, puis réinvitez-moi à sortir.

Lennox rit, soulagé.

— Je me posais la question, le concernant, mais je ne voulais pas en discuter à trois tant que tu ne nous aurais pas accepté tous les deux.

Gryphon n'a pas l'air aussi ravi que le loup.

— Gryphon ? demandé-je d'une voix douce. Es-tu d'accord avec ça ?

Il opine.

— Oui. Je ne m'en étais juste pas rendu compte… Oui, je suis d'accord avec ça. Nous lui parlerons. Nous…

Un cri l'interrompt.

Nous échangeons un regard, puis filons en direction des hurlements, près du pub où se trouvent les autres.

❀ ❀ ❀ ❀ ❀ ❀

Lily est au sol et se tient le bras. Sa robe est couverte de sang, qui ne semble toutefois pas être le sien. Bethany, placée devant elle, brandit son couteau en menaçant quiconque tenterait de s'approcher. Je ne vois Benjamin nulle part.

— Que s'est-il passé ? crié-je dès que je suis à portée de voix.

— Un type a agressé Lily. Ben lui court après.

Beth indique une petite rue sur la droite.

— Lily, ça va ?

Elle opine, mais grimace, trahissant sa douleur.

— Vas-y, ne t'en fais pas pour moi.

Même si j'aurais voulu m'assurer qu'elle était en sécurité, je sais qu'elle a raison. Je lui tends mon couteau, pour le cas où son agresseur reviendrait.

— Bethany, reste avec elle. Gryphon, Lennox, avec moi.

Je me précipite dans la direction indiquée par Beth, étendant mes sens félins et pistant l'odeur de Benjamin. Plus nous nous enfonçons dans la ruelle, plus elle devient étroite. Elle est bordée de vieilles maisons, certaines davantage des cahutes que de véritables bâtisses en pierre, et je doute qu'il y ait beaucoup d'habitations occupées. L'endroit parfait pour se cacher.

La trace de Benjamin est puissante, facile à suivre. Il transpire de plus en plus, au point que même des humains devraient pouvoir le pister à présent.

Alors que nous prenons un virage, nous tombons sur notre collègue, haletant, qui regarde un mur lisse.

— Il a grimpé ici, explique-t-il en pantelant. Je n'ai pas pu le suivre.

— Retourne avec les autres, lui crié-je sans m'arrêter.

Je bondis dans les airs et commence à grimper, trouvant des prises qui échapperaient à la plupart des gens. Gryphon est meilleur que moi à cet exercice, il gravit le mur avec la légèreté d'une araignée. Je suis impressionnée. Lennox reste au sol, dans la même stratégie que celle que nous utilisions autrefois dans la Meute : je suivais sur les toits, lui dans les rues, et nous coupions ainsi toute échappatoire à nos cibles.

La faible odeur sur le mur me donne une petite idée de l'apparence de notre cible. Il est humain, mâle, plus dans la fleur de l'âge ; il possède moins de testostérone que les jeunes hommes.

Arrivée au bord du toit, je me hisse dessus puis m'accroupis sur les tuiles inégales. Il y a de la mousse entre, prouvant que personne n'est monté depuis un moment. Cela me permet de distinguer plus facilement les empreintes de l'homme, bien que je n'aie pas besoin de ça pour le repérer, puisque son odeur est plus puissante. Ses pieds énormes me poussent à croire qu'il s'agit d'un demi-géant. Ou d'un type maigre avec des pieds gigantesques, qui sait ?

Gryphon est déjà en train de sauter sur le toit suivant, atterrissant avec une roulade élégante qui me rend presque jalouse. Sa façon de bondir avec grâce puis de continuer sa course sans marquer la moindre pause est magnifique. Plus loin, à une vingtaine de maisons de nous, se trouve une silhouette sombre. Ça doit être notre proie.

Les doigts me picotent, mes griffes menacent de sortir. Ma proie. Je traque avec mes *partenaires*. J'aime cette idée.

Un miaulement m'échappe et j'accélère l'allure, volant de toit en toit, le pied sûr malgré les tuiles parfois glissantes. J'ai fait ça toute ma vie, après tout.

Au moment où je rattrape Gryphon, l'homme n'est plus qu'à cinq toits de nous environ. Facile.

Lennox court en bas, un peu en retard par rapport à nous ; les ruelles ne doivent pas lui permettre de suivre la même ligne droite. Ce n'est pas grave, car nous sommes de toute façon plus rapides que notre proie. En outre, nous serons assez de deux, Gryphon et moi, pour l'abattre. Malgré ses grands pieds.

— C'est amusant, crie Gryphon, à peine essoufflé.

Je lui souris, parce qu'il a raison ; c'est enivrant. Bien sûr, c'est horrible que Lily ait été blessée, mais courir sur les toits avec mon siren à mes côtés est génial. Je n'ai presque pas envie que ça s'arrête.

— Stop ! aboyé-je quand nous nous sommes suffisamment rapprochés de notre cible.

L'homme se retourne, trébuche et, au ralenti, je le vois tomber, glisser le long des tuiles, rester accroché à la gouttière un instant, puis lâcher et chuter.

— Merde, marmonne Gryphon en bondissant du toit.

Je le suis et jette un coup d'œil par-dessus le rebord : l'homme est allongé par terre, les jambes tournées dans un angle tout sauf naturel. Il est encore vivant, cependant. Je sens sa peur et sa douleur.

Je pourrais descendre le mur en rappel, mais qui peut prédire combien de temps ce type va rester en vie ? J'ai besoin de réponses.

Avec ma force de panthère, je bondis. Les félins atterrissent toujours sur leurs pattes. Les chutes ne nous blessent pas. Nous sommes des chats, après tout, de parfaites machines à bondir et grimper.

Essuyant mes mains pleines de terre, je m'avance vers l'homme, qui gémit de douleur. La prédatrice en moi savoure ce son. J'ai envie qu'il gémisse, qu'il nous supplie. Il a fait du mal à mon amie. Je veux qu'il souffre.

Je m'accroupis près de sa tête. Il me regarde droit dans les yeux. Les siens sont injectés de sang et il saigne d'une des narines. Il s'est peut-être blessé au crâne. Il va falloir que je sois rapide.

— Pourquoi as-tu fait du mal à cette fille ? grogné-je.

Il écarquille les yeux, puis esquisse un sourire malveillant.

— Elle était jolie, réplique-t-il d'une voix rocailleuse.

Je sens Lennox et Gryphon derrière moi, mais ils me laissent m'occuper de ce connard. Puisqu'il semble avoir besoin d'un peu d'encouragements, je sors mon couteau et le plaque contre sa gorge. Son sourire s'évanouit. Bien.

— Pourquoi ? répété-je.

— Je vous l'ai dit. Elle était jolie. J'aime casser les jolies choses.

Je le dévisage. Il se fout de moi ?

— Elle était avec deux autres personnes. Ça m'étonnerait que tu l'aies attaquée juste parce qu'elle était jolie.

Il tousse, envoyant gicler des gouttes de sang. Il n'en a plus pour longtemps. Je peux sentir du sang en lui. Il a des blessures internes qui, combinées à celle à la tête, me font dire que ce n'est pas moi qui vais le tuer. La nature va s'en charger.

— Elle m'a souri, grogne-t-il. Elle m'a invité à lui faire du mal.

— C'est quoi ton problème ?

— Elle le voulait. Elle a aimé ça.

D'accord, il est totalement timbré. Le monde se portera mieux sans lui. Il a cassé le bras de Lily parce qu'elle lui a souri.

— Il ment, déclare Gryphon, dans mon dos.

Il s'avance à mes côtés et son odeur musquée emplit mes narines. Non, pas maintenant. Concentre-toi, Kat. Pas sur son odeur attirante, mais sur l'homme mourant à tes pieds.

— Je peux ?

J'opine. Les talents de siren de Gryphon pousseront peut-être l'homme à parler.

Il s'agenouille près du blessé et pose la main sur son front ensanglanté.

— Dis-moi la vérité, ordonne-t-il.

Ses yeux s'assombrissent comme si des nuages obscurcissaient une prairie verdoyante. Des nuages d'orage, annonciateurs de destruction et de douleur.

L'homme au sol frémit. Il semble lutter contre Gryphon, cependant, ses yeux deviennent vitreux et son visage blême.

— On m'a dit de vous séparer. Les autres doivent être en train de se charger de vos amis, à l'heure actuelle. L'ordre était de les kidnapper ou de les tuer s'ils causaient trop d'ennuis. Je ne vais pas avoir la chance de m'amuser avec cette meuf. Elle était jolie.

Ses paupières papillotent, et je comprends, avant même de me concentrer sur ses battements de cœur inexistants, qu'il est mort.

Putain.

Je bondis sur mes pieds et remets mon couteau dans son fourreau.

— Nous devons retrouver les autres.

Cette fois-ci, je ne retiens pas ma panthère intérieure. Je me transforme en un mouvement fluide, stupéfaite par la rapidité de la métamorphose. C'est peut-être parce que je m'inquiète pour mes amis.

Je cours, espérant ne pas arriver trop tard.

CHAPITRE 9

Ils ne sont pas là où nous les avons laissés. Lennox, à côté de moi, renifle le sol, ses sens lupins en alerte maximale. Gryphon n'est pas encore arrivé ; nous sommes plus rapides que lui, sous forme animale.

Je scrute les alentours. Il n'y a pas beaucoup de monde. La rue était bondée quand nous sommes partis en chasse, mais désormais, elle semble déserte. Il s'est passé quelque chose. Je le sens.

Je me concentre sur l'odeur de Lily, celle que je connais le mieux. Elle est plus forte à l'endroit où elle était assise tout à l'heure en se tenant le bras. Je n'aurais pas dû la laisser. L'odeur de Benjamin est partout : il a dû rejoindre les filles pendant que nous traquions le méchant. Les ont-ils pris tous les trois ? Les ont-ils séparés ? Mes amis sont-ils toujours en vie ?

Je repousse ces pensées pour me concentrer sur mon instinct de chasse. Je les imagine comme mes proies et, en un instant, ma vision change. Toutes les odeurs se transforment en lignes et formes colorées autour de moi ; celles que je reconnais sont des cordes brillantes et lumineuses, entremêlées. Je soupire de soulagement. Ils étaient ensemble quand ils ont été enlevés.

D'autres lignes les entourent, plus fortes que celles de simples passants. Elles doivent appartenir aux malfaiteurs. Ils étaient six, deux par employé de *Miaou*. Même si mes trois amis savent se débrouiller, ils ne sont pas formés au combat rapproché. Benjamin est plus doué pour se cacher, voler et, parfois seulement, tuer. Lily, elle, séduit et soutire la vérité aux gens qui voudraient pourtant la cacher. Bethany fait dans les poisons et la torture. Face à des agresseurs armés et en surnombre ? Je ne sais pas ce qu'ils ont pu faire. Lily avait mon couteau, Bethany le sien, et je suis sûre que Benjamin possède quelques armes aussi. Nous sommes *Miaou*, après tout, aucun de nous ne se déplace sans un minimum d'équipement. Beth a toujours des aiguilles empoisonnées cousues dans ses vêtements. Elle est douée pour ça, presque autant que moi. Peut-être qu'ils se sont laissé enlever tous les trois pour découvrir ce que leurs kidnappeurs voulaient d'eux. Pensée positive, c'est bien.

Lennox gémit et gratte le sol. J'aimerais pouvoir communiquer avec lui sous cette forme. Nous allons devoir nous contenter des mimes et de la langue des signes. Je me rapproche de la zone qu'il indique avec sa patte. Une goutte de sang. Je la renifle. Pas à mes amis. Bien. Cela signifie qu'ils ont réussi à blesser l'un de leurs assaillants, même si la blessure ne doit pas être profonde, vu cette unique goutte de sang. Malgré tout, cela va renforcer la piste. J'inspire profondément, m'imprégnant de cette odeur. L'une des lignes autour de nous devient plus épaisse. C'est elle que je vais suivre.

Lennox aboie et s'avance vers l'odeur que je visais. Oh, bien. Je la lui laisse. Je suis une gentle(wo)man, après tout. Parfois.

Je progresse dans la rue, observant les changements des odeurs. Elles partent dans deux directions différentes quand j'arrive à un carrefour. Bethany et Lily ont été entraînées dans une ruelle sur la droite tandis que Benjamin a continué tout droit. Les agresseurs, eux, se sont divisés par deux aussi.

Pourquoi en laisser trois avec Benjamin ? C'est un type maigrichon, à peine menaçant.

Le silence me dérange. Pas le moindre passant. D'une certaine façon, c'est une bonne chose, comme ça personne ne sera choqué de voir une panthère et un loup se balader dans la rue. Mais où sont passés tous les êtres humains ? Comment les assaillants ont-ils réussi à se débarrasser de tous les poivrots et les fêtards ? Le *Pub du Noyé* est juste au coin de la rue, donc des gens devraient chercher à s'y rendre.

J'entends la respiration sifflante de Gryphon avant qu'il ne me rejoigne. Il est rapide, mais pas autant que nous, les métamorphes. Il s'immobilise et scrute les alentours, assimilant la scène.

— Où sont tous les gens ? demande-t-il, formulant mes pensées.

J'essaie de hausser les épaules, mais j'ignore si j'y parviens sous forme de panthère. Mes épaules ne sont pas les mêmes que quand je suis humaine. Dommage que Ryker ne soit pas là pour traduire.

— Tu as leur odeur ?

Opinant, j'indique la ruelle devant moi avec ma patte.

— Je pense que nous devrions rester tous ensemble, dit-il en observant la zone.

La ruelle est presque identique à celle que nous avons empruntée pour pourchasser l'agresseur de Lily.

J'acquiesce une nouvelle fois et miaule à l'intention de Lennox. Il revient, le nez au sol. Je me suis toujours demandé s'il visualisait les odeurs comme moi ou si ça fonctionnait différemment pour lui.

— Laquelle devrions-nous suivre ? demande Gryphon.

Je renifle. L'odeur la plus forte, celle de l'homme blessé, part sur la droite. J'agite la patte par là et commence à marcher. Je préfère ne pas courir afin de garder mes forces pour plus tard et rester concentrée sur la piste.

Les autres me suivent, se mettant machinalement en formation. Gryphon surveille avec attention afin que personne ne nous prenne par surprise. Lennox renifle aussi, mes renforts si je perds la trace.

Nous devons former un spectacle étrange. Un siren d'apparence humaine, un loup-garou et une panthère se déplaçant en pleine nuit pour traquer les méchants. On se croirait presque dans un conte. Ou un film de superhéros. À ceci près que nous ne sommes pas des héros. Loin de là. Les héros ne tuent pas pour s'amuser. Ils ne dirigent pas des agences d'assassins. Et ils ne désirent certainement pas trois hommes en même temps.

Plus nous marchons, plus les odeurs se renforcent. Ils sont passés là il y a peu. Nous franchissons des virages, empruntons des allées étroites et passons sous des arches qui semblent sur le point de s'écrouler. Cela ressemble bien plus à un bidonville qu'à la ville proprement dite. Je suis déjà allée ici. Toutefois, puisque mes cibles vivent pour la plupart dans des quartiers plus aisés, cela fait longtemps que je n'ai pas eu à me rendre dans cette zone. J'y vais surtout pour trouver des ingrédients pour les poisons ou des gens désireux de m'employer. Ils pensent toujours que je préfère ce genre d'endroits pour les rencontres, alors que j'aime mieux le faire chez eux ou dans leurs bureaux. Cela me permet de me faire une meilleure idée de qui ils sont et du prix que je peux leur demander.

— Attendez, je connais cette rue, marmonne Gryphon. Un type pour lequel j'ai bossé un jour habite par là. Enfin, il venait peut-être juste ici pour rencontrer les gens. J'ai du mal à l'imaginer vivre dans un tel trou à rats.

Puisque je ne peux pas répondre ou lui poser des questions, je miaule un encouragement.

— Il dirige un réseau de voleurs et de voyous. Des humains uniquement. Il se fait appeler l'Araignée et ses sbires sont la Toile. Il pensait que j'étais humain, sinon il n'aurait jamais voulu travailler avec moi. Il trouve qu'il y a bien trop de métamorphes dans ce domaine et que ce devrait être aux humains de diriger le milieu criminel.

Il ricane.

— Comme s'ils étaient assez forts. Je l'ai ensorcelé pour qu'il me paie trois fois le prix promis et il ne s'en est même pas rendu compte.

Je me demande si c'est ce type qui a kidnappé mes amis. Il se sent peut-être menacé par *Miaou*, une agence d'assassins surnaturels ? Ça me paraît toutefois un peu stupide. Et trop sophistiqué. Nous diviser, savoir que nous sommes ici… Quelqu'un a dû nous suivre depuis la maison, ce qui signifie que cette personne est douée, très douée, puisqu'aucun de nous ne l'a remarquée, après tout. D'accord, j'admets que j'étais un peu distraite par les garçons. Cette histoire de Kat en chaleur me rend incompétente, moi qui remarque toujours quand j'ai quelqu'un ou quelque chose aux fesses. Sur le plan métaphorique. Je sais toujours quand j'ai ma queue aux fesses. Ma bêtise me fait ricaner. Je dois me concentrer.

Je continue à suivre la piste olfactive la plus puissante. Elle disparaît par la porte basse d'un bâtiment qui semble sur le point de s'effondrer. Quelques briques sont déjà tombées des murs, de même que des tuiles. Encore une tempête, et il ne restera plus rien de cette maison.

Lennox renifle l'air et grogne doucement. Il a dû sentir la même chose que moi. Beaucoup de mâles pas loin, pleins de testostérone, et pas seulement les trois que nous avons suivis jusqu'ici. Il y en a au moins cinq de plus. J'espère qu'ils n'ont pas fait de mal à Lily et Bethany.

Nous devons faire vite. Bien que ça puisse être un piège — non, bien que ce soit *très certainement* un piège —, je n'ai pas le choix ; mes amies sont en danger. Nous devons les délivrer, puis trouver Benjamin. J'espère qu'il comprendra que nous ayons choisi les deux femmes en premier. Pas parce qu'elles sont plus faibles, mais parce que l'odeur de leur assaillant était la plus forte et parce que c'est plus logique de secourir deux alliées supplémentaires, qui pourront nous aider ensuite.

J'aimerais rester sous forme de panthère, cependant, je suis trop imposante pour me faufiler dans ces petits bâtiments instables. Je ferais plus de mal que de bien.

Je prends une grande inspiration pour me préparer à la douleur et commence la métamorphose. Qui ne me fait pas mal du tout. Qu'est-ce qui m'arrive, bon sang ? Ce n'est jamais indolore et jamais aussi évident que ça. Jamais. Ce sont mes hormones, encore ? Ou est-ce que c'est ma quasi-mort qui a changé quelque chose ? C'est la première fois que je me métamorphose depuis que j'ai ressuscité ou presque. J'avais peur avant, surtout sachant que je miaulais sous forme humaine. Finir comme une sorte d'hybride en permanence ne m'a pas semblé une riche idée sur le moment.

Lennox me jette un regard interrogateur. Ses yeux bleus brillent dans l'obscurité.

— Reste en loup pour l'instant, murmuré-je. Je vais surveiller les lieux avec Gryphon et on va entrer les premiers, puis tu pourras nous suivre pour griffer et mordre.

Lennox montre les dents, approbateur.

Je sors mes couteaux. J'aime cette étrange magie de métamorphe qui me permet de conserver mes habits et mes armes. Je m'approche de la porte et pose l'oreille contre, afin d'écouter les bruits de l'autre côté. Rien.

— Je vais observer d'au-dessus, souffle Gryphon qui escalade ensuite le mur de la maison d'en face avec agilité.

Je regarde sa silhouette souple progresser vers le toit, donnant l'impression que c'est aussi facile à faire qu'une balade dans le parc. Une fois en haut, il regarde autour de lui, scrutant la zone.

Lennox renifle tout le pourtour de la maison, les oreilles tendues pour entendre quelque chose qui pourrait nous aider.

Gryphon indique quelque chose à l'arrière de la maison que nous surveillons. Voyant ses lèvres bouger, je concentre mes sens de panthère pour pouvoir l'entendre.

— Leur véritable cachette est derrière. Il faut d'abord traverser le vieux bâtiment avant d'atteindre celui où ils nous attendent.

Je pouffe. Hors de question que je franchisse simplement cette porte. Je parie qu'il y a des pièges de l'autre côté. Non, je vais prendre la route du haut, moi aussi. Le toit de la maison délabrée n'ayant pas l'air assez sûr, je grimpe sur celui du bâtiment voisin, deux étages plus haut et plus solide, espérons-le.

Je baisse les yeux vers Lennox, qui pousse un gémissement.

— Va voir si tu peux trouver des chats dans le coin, murmuré-je, sachant très bien qu'il pourra m'entendre malgré la distance. Ce serait pas mal d'avoir Ryker en renforts.

Lennox opine, agite la queue et part en courant. Je serais bien partie en quête des chats moi-même, mais je suis déjà sur le toit et je ne veux pas que Lennox se métamorphose tout de suite. Avoir un loup de combat à mes côtés pourrait s'avérer utile.

Je déteste ne pas savoir ce qui nous attend. En temps normal, j'observerais cette maison pendant des heures pour surveiller les allées et venues, déterminer les issues de secours et les points faibles. Cependant, nous devons agir vite, nous n'avons donc pas le temps de jouer la sécurité.

Tous mes sens félins me disent que Bethany et Lily se trouvent dans la grande maison derrière la plus petite et décrépite, par laquelle on ne peut accéder que par cette porte ou bien par au-dessus. Alors que je progresse lentement sur le toit, je vois apparaître une petite cour sale. Mis à part quelques sacs en plastique dans un coin, elle est vide. Je me demande ce qu'ils contiennent. Je serais déçue qu'il n'y ait que des déchets. Ce serait bien plus intéressant d'y trouver des morceaux de cadavre.

Gryphon, qui a bondi de mon côté de la rue, me rejoint et s'accroupit à mes côtés. Son odeur emplit mon nez et j'inspire profondément. Ce n'est pas distrayant du tout.

— Tu peux dire combien ils sont ? souffle-t-il.

Je secoue la tête.

— Je ne suis pas assez proche pour les sentir et ils sont très silencieux.

Et ton odeur me distrait. Mais ça, je ne le lui dis pas. Il n'a pas besoin de savoir l'effet qu'il a sur moi. Je crois que l'état de Kat en chaleur s'aggrave. Je suis sur un toit, mes deux amies ont été kidnappées, et pourtant, je pense à l'odeur séduisante de Gryphon et l'envie que j'ai de lui sauter dessus. Ça ne peut pas durer comme ça ou bien je vais très vite faire faillite.

— Mais Lily et Bethany sont à l'intérieur ?

— Oui, leur piste mène à la porte de la petite maison. Elle est tellement forte qu'elles ne peuvent être qu'ici, dans ce bâtiment ou pas loin, au pire.

Je me tourne vers lui, même si observer son magnifique visage balafré ne fait que renforcer mon désir.

— Tu peux influencer combien de personnes en même temps ?

— À moins de me mettre à chanter, deux maximum. Tout dépend de leur force de caractère. Les sirens peuvent contrôler plus de deux personnes à la fois si elles les connaissent et ont utilisé leur pouvoir sur eux continuellement. Ça rend ces personnes plus sensibles. Mon père peut diriger une vingtaine d'hommes et même les contrôler entièrement si nécessaire. Je manque un peu d'entraînement, pour ma part.

— Que se passe-t-il si tu chantes ?

Je repense à sa mélopée, chez lui, à cette musique qui a presque littéralement touché mon corps… Je doute qu'il compte donner un orgasme aux kidnappeurs. Encore que ça les distrairait suffisamment pour que nous puissions libérer les deux femmes.

— Je ne peux pas donner un ordre spécifique via mon chant, juste transmettre une émotion, un sentiment. Et je ne peux pas contrôler à qui il s'adresse, ce qui veut dire que vous en seriez tous affectés. Toi, sans doute moins que tous les autres. Lily, je ne sais pas trop. Mais Bethany est humaine et succomberait à mon chant, ce qui compliquerait son sauvetage. Je préférerais éviter de chanter, si on le peut, et garder ça en dernier recours.

J'opine.

— Tu peux déclencher n'importe quelle émotion ?

— Ça fonctionne mieux si elle est adaptée à la situation. Dans ce cas-là, j'utiliserais la peur, tandis que dans d'autres, quelque chose de positif fonctionnerait mieux.

Une boule se loge dans ma gorge. *Quelque chose de positif.* Comme m'exciter entièrement. Me faire perdre la tête. J'espère qu'il me donnera un nouvel aperçu de ses talents quand nous serons seuls. Pas ici, sur le toit.

Il se racle la gorge, et vu l'embrasement de son regard, je comprends qu'il pense à la même chose que moi.

— Et donc, que fait-on maintenant ?

La prédatrice se réveille en moi tandis que je fixe la maison où sont détenues mes amies.

— Maintenant, on tue.

CHAPITRE 10

Gryphon saute dans la cour, atterrissant en position accroupie avec grâce. Il a sa dague courte dans une main et son cimeterre dans l'autre. Il est la seule personne de ma connaissance à utiliser cette arme courbe, mais, d'après lui, elle est la plus adaptée à son style de combat. Chacun le sien. J'attrape les manches de mes poignards. Je sens presque leur désir de sang.

Gryphon me jette un regard et je lui adresse un bref signe de la tête. Il est temps de mener l'assaut. J'avance de quelques pas et laisse ma force de panthère s'insuffler dans mes muscles. Puis je cours vers le bord du toit. Et je saute.

Je vole au-dessus de la cour, mais ma destination est presque trop loin, malgré la force supplémentaire. Je m'étire à mi-vol, sors les griffes et m'agrippe au bord de la toiture, les jambes pendant dans le vide, mes griffes coincées dans une tuile. C'était moins une. Grognant, je me hisse sur le toit. Je crois que je me suis cassé une griffe. Oh, attends. Je les rentre et constate que bien qu'il y ait une goutte de sang sur l'un de mes ongles, tout a l'air d'aller.

La porte s'ouvre sur la cour et deux hommes en sortent. Des

soldats subalternes, plutôt. Aussi larges et têtus que des bœufs, et sans doute tout aussi stupides.

Gryphon fauche l'un des deux avant qu'ils ne puissent réagir, mais le second parvient à crier à l'aide avant que le cimeterre ne sépare sa tête de son corps. Maintenant que je suis sur le toit, je peux sentir les gens à l'intérieur. Huit hommes, deux femmes, sans compter les deux soldats qu'il vient d'abattre. C'est carrément faisable.

Les odeurs des deux femmes et de l'un des hommes sont plus étouffées, donc plus éloignées. Dans un sous-sol, sans doute. Bien, ça veut dire qu'ils ne pourront pas faire sortir les filles de la maison trop vite. À moins qu'il n'y ait des tunnels au sous-sol. Je repense à l'affaire Kindler. Qu'est-ce que je déteste les tunnels souterrains.

Tandis que Gryphon attend l'arrivée des renforts des assaillants et sert de distraction conformément à notre plan, je cours vers l'autre bout du toit, où m'attend la fenêtre poussiéreuse d'une mansarde. Sans me soucier d'être silencieuse, je fais pivoter ma lame et écrase le manche sur la vitre. Celle-ci se brise et des éclats de verre se répandent sur le sol du grenier.

Mes sens me disant qu'il n'y a personne dans la pièce sombre, je bondis à l'intérieur, en veillant à éviter la majorité des morceaux de verre. Mes bottes en cuir possèdent des semelles épaisses justement pour des situations de ce genre. Qui se produisent bien plus souvent qu'on ne le croit.

Un escalier étroit et abrupt mène au premier étage du bâtiment. Je devrais peut-être m'en inspirer pour ma mansarde, et en même temps, j'aime ma trappe. Elle empêche les gens de me harceler trop souvent.

Des bruits de bagarre me poussent à accélérer l'allure. Gryphon devrait très bien s'en sortir, mais inutile de traînasser quand même. J'espère que Lennox le rejoindra bientôt.

Le premier étage est aussi vide que le grenier. Tout le monde est en route soit pour la cour, soit pour le sous-sol.

Je regarde en bas de l'escalier. Au bout d'un petit couloir qui mène à une cuisine sentant la crasse se tient un homme, dos à moi. Super. Des proies qui aiment me faciliter la vie. J'envisage un instant d'utiliser l'une de mes aiguilles empoisonnées, mais non, je suis d'humeur à faire couler le sang. Ma panthère veut se battre.

Je fais rebondir mon poignard et le lance en un geste plein de souplesse. La lame va se ficher dans le cou de l'homme, lui brisant la colonne vertébrale. Il s'affale au sol avec un bruit sourd, même pas capable de hurler sa douleur. Je me précipite vers lui, retire mon couteau de son corps allongé face contre terre et, d'humeur généreuse, je lui tranche la gorge plutôt que de le laisser suffoquer jusqu'à la mort. Je sais, je suis trop gentille.

Me fiant à mon odorat, je suis l'odeur de Lily jusqu'à un couloir et, au bout, une bibliothèque. Sérieux ? Que c'est prévisible. Je tire sur le livre ayant l'odeur la plus forte, et le meuble s'écarte du mur, révélant une porte cachée. Pathétique, comme je le disais.

De l'autre côté, un escalier s'enfonce dans un sous-sol aux forts relents d'humidité. Celle des filles est plus puissante maintenant. Il n'y a qu'un seul garde. Ils s'attendaient à ce qu'on leur laisse mes amies sans se battre ?

Cet homme pue la testostérone, la transpiration et autre chose, une odeur à la fois familière et inconnue. Je franchis deux coudes du couloir jusqu'à ce que son odeur soit si forte que je comprends qu'il n'est pas loin. Sans un bruit, je brandis mes couteaux. Cette fois-ci, je vais peut-être m'amuser un peu avec lui. L'autre mort était trop rapide, pas assez satisfaisante. Le sang aide à rendre les assassinats gratifiants.

Tiens, je devrais l'ajouter à ma carte de visite. *Katriona Feln, meilleure prestataire en assassinats. Découvrez la vraie manière de mourir. Une expérience cinq étoiles qui vous coupera le souffle.*

Je suis en train de perdre du temps. Pourquoi ai-je tant de mal à me concentrer aujourd'hui ? D'abord, j'étais trop obsédée par mon envie de sauter sur Gryphon, et maintenant, je pense à mon entreprise. Concentration, Kat. Tes amies sont en danger. Ce n'est pas le moment de perdre de vue le plus important.

Focalisée sur mon objectif, je passe un nouveau coude et me retrouve face à un homme à la carrure massive, aux épaules deux fois plus larges que les miennes, aux jambes dignes de troncs d'arbre et au visage masqué par une barbe impressionnante. Il a des tatouages sur les deux bras, aussi vulgaires que moches. Ses yeux ne luisent d'aucune intelligence. Il est leur chien de garde, les muscles, mais pas le dirigeant de l'opération. Bien, ça veut dire que je peux le tuer sans remords. Je détesterais manquer l'opportunité d'interroger la personne en charge.

Il ne semble pas surpris de me voir et attrape une hache posée contre le mur. Celle-ci est presque aussi grande que moi. Mes couteaux ne vont pas servir à grand-chose contre ça, alors mieux vaut faire vite. Avant qu'il ne puisse brandir la hache, je bondis, les couteaux en avant, déterminée à empaler son gros ventre.

Pour un homme si imposant, il se déplace à une vitesse étonnante. Il bloque mon attaque d'un bras tandis qu'il fait pivoter sa hache de l'autre. Mes poignards glissent sur son armure en cuir, l'entaillant sans atteindre la peau. Déséquilibrée, je trébuche vers l'avant, mais me rattrape et m'accroupis juste à temps pour éviter la hache. Le métal siffle au-dessus de ma tête et seul un cheveu se détache et tombe. C'était moins une. Je ne m'attendais pas à ce qu'il soit capable de bouger sa hache d'une seule main. Ce type est costaud.

Puisque je suis près du sol, je m'attaque à la cible la plus proche : ses jambes. Il ne porte aucune armure à cet endroit, juste un simple pantalon suffisamment ample pour y stocker de la farine. Mes couteaux entaillent l'arrière de ses genoux, et il tombe en avant.

Merde. Je m'attendais à ce qu'il s'affale dans l'autre direction, mais le poids de son arme doit avoir quelque peu perturbé la physique.

Je roule sur la droite, évitant de justesse son corps massif. Il grogne en heurtant le sol, sans lâcher sa hache. Il n'en a pas terminé. Je me mets rapidement debout, me sentant enfin à mon avantage maintenant qu'il ne me surplombe plus. Je pourrais le cribler d'aiguilles empoisonnées pour aller plus vite, mais ce serait bien moins amusant. Grâce à l'adrénaline pulsant dans mes veines, je me sens encore plus vivante qu'à l'instant où je me suis éveillée de mon expérience de mort imminente. Voilà pourquoi je fais ce métier. Pour le danger, l'excitation. Et, enfin, pour le défi. La plupart des cibles ne sont pas à ma hauteur, en entraînement ou en force, mais cet homme est pile ce qu'il me faut.

Je souris en le voyant se traîner avec peine et se tourner pour se mettre à genoux. Dans cette position, il est presque aussi grand que moi. Ses yeux brûlent de haine et de douleur. L'odeur de sang m'emplit les narines et je ne peux m'empêcher de sourire. Il saigne, donc perd des forces à chaque goutte rouge rubis qui coule. Il faut que je me dépêche, ou bien le défi ne durera pas longtemps. J'ai envie de m'amuser.

— Tu vas payer pour ça, grogne-t-il.

Je hausse un sourcil.

— Vas-y, je t'en prie.

Il soulève sa hache d'une main avec la même facilité que lorsqu'il était debout. La lame coupante scintille dans la faible lumière. Elle n'a pas encore goûté au sang. Je devrais peut-être me laisser entailler, juste pour le fun. La douleur me rend toujours plus sauvage.

L'homme essaie de brandir son arme, mais il est trop près du sol et n'arrive pas à trouver le bon angle. La lame s'écrase dans le mur, faisant voler des éclats de pierre.

— Tu veux l'un de mes couteaux ?

Il me fusille du regard. Puis ses yeux deviennent jaunes. Jaunes, bon sang. Qu'est-ce qui se passe ? Il est humain. Il sent l'humain. C'est une sorte de mutation ? Une erreur de la nature ? Ou bien une espèce que je n'avais encore jamais rencontrée, capable de se faire passer pour humaine ?

— Qu'est-ce que tu es ? aboyé-je en serrant mes poignards plus fort.

Cette nouveauté m'excite, et en même temps, je m'en veux de ne pas l'avoir remarquée avant.

Le type sourit, dévoilant ses dents pointues. Qui étaient parfaitement normales avant. Ses canines n'étaient pas acérées et dangereuses comme à présent.

— Quelque chose de nouveau, crache-t-il avant de se lever comme si je ne l'avais pas blessé aux jambes.

C'est quoi ce bazar ? Il a guéri ; l'odeur de sang a pratiquement disparu. Je n'ai jamais rien vu de tel. Les métamorphes peuvent guérir, oui, mais il faut du temps, ce n'est pas instantané comme ici. Une chose est sûre : il n'est pas humain. Pas le moins du monde.

— Dis-moi, le défié-je, me préparant à son attaque.

Je ne le chargerai pas tant que je ne saurai pas qui ou ce qu'il est. J'ai encore plus besoin de cette information que de le voir souffrir.

Son sourire s'élargit.

— Je suis ta mort.

Il attaque, agitant sa hache comme il le ferait d'un simple bout de bois. Je parviens à peine à m'accroupir juste à temps pour l'éviter. Il éclate de rire et lève de nouveau le bras, prêt à passer à l'action. Je décide que ça suffit. J'attrape une aiguille dans mon col et la plante dans sa jambe. Elle n'est pas mortelle, parce que je le veux vivant pour l'instant. Elle va le paralyser dans trois, deux, un…

Rien ne se passe. Il ne s'est même pas rendu compte que je l'ai piqué, mais sa hache se précipite vers moi, prête à me couper en deux. Je me glisse entre ses jambes écartées et roule jusqu'à pouvoir me relever. Je suis assez fière de ce mouvement – un sentiment qui ne dure pas longtemps. Il se tourne plus vite que son volume ne devrait le lui permettre et poursuit son attaque.

Je n'ai même pas l'occasion de prendre l'offensive. Je suis trop occupée à faire en sorte qu'il ne me découpe pas en morceaux. Même si j'apprécie toujours le combat, il devient frustrant. En général, c'est moi qui mène la danse, mais là, c'est tout l'inverse. Il est plus fort que moi, et ça fait mal de l'admettre.

Cette fois, je saisis deux aiguilles et les lance vers son cou. Il parvient à en sortir une avant que trop de poison ne s'infiltre dans son sang, mais pas la deuxième. Haletante, j'attends, espérant que cette fois-ci cela aurait un effet quelconque. Mes aiguilles fonctionnent sur les métamorphes ; pas avec la même efficacité que sur les humains, mais quand même suffisamment pour les ralentir et les mettre hors jeu quelques instants. Le temps que je reprenne la main.

Pas sur lui, cela dit. Il rit, comme si mes tentatives l'amusaient.

— Tu n'as pas mieux ? grogne-t-il en s'avançant vers moi.

Ses canines sont encore plus longues qu'avant, dépassant de sa lèvre inférieure. Il se transforme pendant que nous combattons, et impossible de prévoir ce que sera le résultat final. Il faut que j'agisse vite.

Fermement agrippée à mes couteaux, je plonge en avant, évitant son attaque et me glissant sous son bras, enfonçant ma lame dans son point faible sous l'aisselle et une autre dans son torse, juste au-dessus de l'armure. Ce dernier coup ne lui fera pas grand mal, mais je veux voir à quelle vitesse il récupère. En outre, c'est dans l'aisselle que je concentre toute ma force. C'est un super endroit pour faire saigner quelqu'un. Beaucoup. Donc oui, j'ai le visage couvert de sang quand je m'écarte.

Le type pousse un cri ressemblant à celui d'un chien blessé. Il regarde son bras, qui pend sans force de son corps. J'ai dû sectionner des tendons et des nerfs. Bien. Ça devrait l'immobiliser un peu.

Je n'attends pas de voir l'effet de mon attaque, pour le cas où il guérirait trop vite. Puisque je sais que mes aiguilles paralysantes sont inefficaces sur lui, j'opte pour les mortelles cette fois-ci. Deux, pour être sûre. S'il meurt, Beth pourra le disséquer et sans doute nous en apprendre plus sur ce qu'il est. Je ne perds pas de vue le fait que Bethany et Lily sont détenues dans ce sous-sol et que Gryphon ne m'a pas encore rejointe, ce qui signifie qu'il est toujours occupé à se battre contre les autres hommes en haut. Ou blessé. Non, pas ça, je l'aurais entendu appeler à l'aide. Et où est Lennox, bon sang ? Il devrait être revenu, maintenant. C'est si difficile que ça de trouver un chat ?

Les aiguilles s'enfoncent dans son bras, celui qui n'est pas blessé. Il ne semble même pas le sentir ; son regard est focalisé sur l'autre. Le flot de sang se tarit déjà, il est en train de guérir. Merde. Je n'ai jamais vu quelqu'un se rétablir si vite. Ça devrait être impossible.

Trois, deux, un… il trébuche. Ses genoux se dérobent sous son poids et il est de retour au sol, mais encore très en vie. Je lui ai enfoncé deux aiguilles mortelles et il semble à peine affecté. Je suis presque à court, d'ailleurs. Ce n'est pas bon, mais je n'y peux rien. Espérons que je n'en aurai pas besoin d'autres quand j'en aurai fini avec ce type et qu'il n'y en aura pas d'autres comme lui.

J'enfonce mes deux dernières aiguilles mortelles en lui, puis lui saute sur le dos. Mes poignards s'enfoncent dans ses épaules, assez près de son cou pour sectionner tous les points importants.

Il me fixe, ses yeux jaunes emplis de haine, puis la vie s'échappe de son corps. Il se fige et j'entends son cœur battre une dernière fois.

Mort. Enfin.

Je m'écarte de son corps affalé et rengaine mes armes, me détournant de lui. Il est temps d'aller libérer mes amies.

C'est alors que j'entends son cœur se remettre à battre.

CHAPITRE 11

Je jette sa tête le plus loin possible de son corps. Voilà qui devrait le garder mort. J'espère. Peut-être que son corps va se soulever et se mettre à agiter dans tous les sens la hache qu'il tient dans sa main sans vie. Au cas où, je lui enlève l'arme des mains et l'emporte avec moi vers le fond du couloir.

Lily et Beth se trouvent derrière l'épaisse porte en fer, je peux les sentir.

— Les filles ? crié-je. Ça va ?

— On va bien !

Bien qu'étouffée, la voix de Lily me paraît normale.

Je soupire, frustrée. Le grand costaud n'avait pas de clés sur lui ; je vais devoir faire appel à mes talents de voleuse pour forcer la serrure. Au moment où la porte s'ouvre, des pas dans mon dos m'annoncent l'arrivée de quelqu'un. Je renifle. Gryphon et Lennox. Enfin.

— Qu'est-ce qui vous a pris si…

Je ravale la fin de ma phrase. Ils sont couverts de sang. Des tonnes et des tonnes de sang. Il imprègne leurs cheveux, imbibe leurs vêtements, laisse des traces derrière eux. La douche va être longue.

— L'un d'eux était un cas compliqué, explique Lennox avec un sourire en coin.

Il indique la tête au sol et lui donne un petit coup de pied.

— Je vois que tu en as croisé un, toi aussi.

Gryphon inspecte le corps sans vie.

— Beau travail. J'imagine que tes aiguilles empoisonnées n'ont pas fonctionné non plus ?

Je secoue la tête.

— Pas du tout. La décapitation semble efficace, cela dit.

Il pouffe.

— Oui, pareil pour nous. Sauf qu'il m'a fallu trois résurrections pour le comprendre.

— Ça vous dirait de nous laisser sortir, par hasard ? crie Bethany derrière moi. Il commence à faire froid, ici.

Froid ? Il fait plutôt chaud, de notre côté. Mais je comprends pourquoi elle dit ça dès que j'entre dans leur cellule. Elles sont nues, toutes les deux. Ils ne leur ont même pas laissé leurs sous-vêtements.

— Les gars, restez en arrière, ordonné-je aux garçons avant qu'ils puissent me suivre.

Je sais que Lily n'aurait aucun problème à ce qu'ils la voient dans cette tenue, mais je ne suis pas sûre concernant Beth. Et, pour être honnête, je n'ai pas envie qu'ils voient quelqu'un d'autre comme ça à part moi. Plus de filles nues pour eux. Je suis un chat, je suis possessive de nature.

Je force la serrure des menottes qui maintiennent Lily et Beth accrochées au mur, puis envoie les hommes chercher des vêtements dans la maison.

En attendant leur retour, je m'assieds sur le banc en bois et essuie mes couteaux maculés de sang. Je les nettoierai mieux que ça à la maison, et je devrai sans doute les aiguiser aussi suite à leur rencontre avec cette armure en cuir. J'adore prendre soin de mes armes. C'est un processus reposant qui m'aide à me vider la tête, en ne me concentrant que sur cette simple tâche qui ne nécessite que peu de réflexion.

— Qu'est-il arrivé à Ben ? demande Beth après un moment de silence. Ils nous ont séparés dès qu'ils nous ont enlevés.

— Nous partirons à sa recherche dès que nous aurons retourné cette maison. Ils sont stupides de nous avoir conduits ici. Ça ressemble à une planque, alors je veux récolter le plus d'informations possible avant de partir.

— Pourquoi nous ont-ils pris nos vêtements ? s'étonne Lily. Ils n'ont pas cherché à nous faire de mal, ils nous ont juste déshabillées et enchaînées au mur.

— L'un d'eux était étrange. Il avait des caractéristiques de métamorphe sans en être un, pas un vrai en tout cas. Je me demande si son espèce est capable de traquer comme les vrais métamorphes. Du coup, vos vêtements leur offrent un moyen facile de vous pister où que vous soyez. Vous les portiez pendant l'agression, donc vous avez sans doute transpiré et laissé une odeur puissante sur eux.

— Tu veux dire qu'une créature bizarre va sniffer mes fringues ? s'écrie Bethany, incrédule.

Je hausse les épaules.

— Ça m'est déjà arrivé quand je cherchais des gens. En fait, je vais même voir si je peux dénicher ici des vêtements qui n'appartenaient pas aux hommes que nous avons tués. Ça pourrait nous servir plus tard.

Ce n'est pas qu'il me tarde de renifler les sous-vêtements des méchants, mais parfois, la vie nous envoie le slip sale d'un meurtrier et nous devons faire avec.

— S'ils ont accès à notre odeur maintenant, ça veut dire qu'ils vont continuer à nous pourchasser ? demande Lily, qui serre son bras blessé contre elle.

Nous devons l'emmener voir un médecin. Les succubes

n'ont pas de meilleures capacités de guérison que les humains, alors elle doit souffrir.

— Nous allons découvrir ce qu'ils veulent, affirmé-je. Et nous nous assurerons qu'ils ne s'en prennent plus jamais à vous. Ils seront trop morts pour ça.

— C'est rassurant. À moins qu'ils ne se transforment en morts-vivants, intervient Beth en ricanant.

Je m'en voudrais de lui dire que c'est presque le cas du type dehors, si on peut appeler ça « revenir d'entre les morts ». Par chance, la décapitation semble avoir fonctionné.

Lily fait rouler ses épaules, l'air en souffrance.

— Pourquoi est-ce qu'il nous arrive toujours un truc quand on veut sortir le soir ? Nous avons toujours des ennuis.

Je renifle avec dérision.

— Tu appelles ça des ennuis ? J'ai connu pire.

— Je confirme, lance Lennox à l'extérieur de la pièce, hilare. Elle a fait bien, bien pire.

Je le rejoins dans le couloir et fronce les sourcils.

— Comment tu peux le savoir ? Tu n'étais pas vraiment là ces dix dernières années.

Oups, j'ai l'air un peu amère.

Il hausse un sourcil, sans doute pour déterminer si je suis en colère contre lui pour une raison quelconque. Je lui réponds par un sourire, et le sourcil reprend sa place habituelle.

— Je connais ma Kat, réplique-t-il doucement. Ça m'étonnerait que ta vie soit devenue moins dangereuse après mon départ. Au contraire. Je me trompe ?

— Non, marmonné-je, détestant lui prouver qu'il a raison. Mais ce n'est pas important, là tout de suite. Nous devons fouiller cette maison et trouver Benjamin.

Lennox me tend un tas de vêtements.

— C'est tout ce que j'ai trouvé. Et les deux autres sont déjà en train de retourner la maison.

— Deux ?

— Ryker est arrivé. Ses chats ont mis une éternité à le trouver. Il ne nous a rejoints qu'au moment où nous avions fini de tuer cette créature.

— Voilà pourquoi mes vêtements ne sont pas couverts de sang ! crie l'intéressé depuis l'étage du dessus.

Ouah, son ouïe est excellente.

— Kat, si tu as envie de câliner quelqu'un, choisis-moi !

— Pourquoi est-ce que je voudrais câliner quelqu'un ? répliqué-je, sincèrement confuse, avant de me souvenir de mon petit problème de chaleur.

En cet instant, je ne me sens pas excitée. Ouah. C'est la première fois depuis une éternité que je n'ai pas envie de sauter sur Lennox pour me le faire contre ce mur. Ça doit être dû à l'adrénaline du combat. Il faut que je le note. Tuer quelqu'un diminue la libido. Qui l'aurait cru.

Cette découverte me fait sourire. C'est un remède facile. Tuer est gratuit, amusant et requiert bien moins d'effort que de coucher avec quelqu'un. Même si, je dois bien admettre que c'est moins amusant que les moments que je passe avec mes hommes.

Lennox, Bethany et Lily sont restés sur place pour fouiller la maison. Puis Lily sera conduite à l'hôpital.

Elle n'aime pas faire des histoires, mais j'ai ordonné à Bethany de la menacer si nécessaire pour être sûre qu'elle se fasse examiner et soigner. Comme Lennox s'est déjà transformé une fois ce soir, mieux vaut qu'il garde sa forme humaine pour le moment ; c'est pour cette raison que c'est lui qui reste avec les filles. Je doute que quelqu'un tente à nouveau de les attaquer — pas aujourd'hui en tout cas —, mais s'ils le font, Lennox devrait pouvoir gérer, même sans son loup. Et en plus, les chats de Ryker resteront à leurs côtés.

Les deux autres et moi sommes retournés dans la rue où nos amis ont été enlevés. Les fêtards sont de retour, ce qui me complique la tâche pour repérer l'odeur de Benjamin au milieu de celles d'alcool, de transpiration et d'urine. S'il n'avait pas habité avec moi, il m'aurait été presque impossible de suivre sa trace. Heureusement, je l'ai senti tous les jours, donc je sais quoi chercher.

Certaines personnes nous adressent des regards étranges, parce que Gryphon n'a pas eu le temps de se nettoyer convenablement. Il a enfilé un tee-shirt et un jean propres, mais il a du sang dans les cheveux et sur ses bottes… dont il n'a pas voulu se séparer. Malgré tout, dans cette partie de la ville, le sang n'est pas une rareté. En ce moment même, j'entends deux bagarres et perçois l'odeur de sang de deux victimes différentes non loin.

Pendant dix minutes, nous suivons la piste à travers des petites ruelles et au-delà d'une rue bondée, jusqu'à rejoindre le quartier des entrepôts. Il n'y a pas grand-chose ici à part, eh bien, des entrepôts, et quelques usines modestes. La chocolaterie de Ryker n'est pas loin ; j'espère presque que nous aurons le temps de jouer avec les chatons.

Deux chats marchent aux côtés de Ryker, mais je ne les connais pas. Il s'est attiré plein de disciples récemment et beaucoup de petits nouveaux ont rejoint sa famille. Je lui demanderai de me présenter plus tard ; j'ai envie de connaître les noms de mes collègues.

L'odeur nous mène jusqu'à un entrepôt qui semble plus récent. C'est un bâtiment fait de métal scintillant et d'un toit en verre. Pas pratique du tout. À moins que ce ne soit une serre ?

Non, les murs en métal en font un piège de chaleur.

— Vous avez déjà vu cet endroit avant ? demandé-je aux hommes.

— Je suis passé devant, mais je n'ai jamais regardé de plus près, répond Ryker, qui semble s'en vouloir. J'ai contrôlé la plupart des autres bâtiments en faisant les poubelles, mais celui-ci dispose d'un meilleur système de sécurité que tous les autres réunis.

Même si nous restons à couvert, je bénis le fait que ce soit la nuit. Des projecteurs éclairent le terrain autour de l'entrepôt, mais l'un d'eux est défectueux, ce qui nous offre un endroit sombre où nous cacher et mettre un plan au point.

— Tu sens ça ? lance tout à coup Gryphon.

— Sentir quoi ?

Mes sens ne relèvent rien qui sorte de l'ordinaire.

— Tu ne ressens pas le besoin de partir en courant.

— Non. Je devrais ?

Il fait la grimace.

— Oui, si tu étais humaine. C'est une technologie siren. Les ondes basses d'un chant siren enregistré, qui poussent toute personne s'approchant trop près à décider tout à coup de partir ailleurs. Je ne devrais pas être surpris que ça ne fonctionne pas sur vous deux.

— Un enregistrement ? s'étonne Ryker. On ne devrait pas l'entendre, dans ce cas ?

— C'est à peine assez fort pour être repéré par les capteurs, explique Gryphon. Si tu t'approches du haut-parleur près du toit, tu pourras peut-être percevoir le son, mais pas d'aussi bas.

— Fascinant, marmonné-je. Nous pourrions installer un système similaire à *Miaou*, non ? Pas pour repousser les gens, mais pour les encourager à me payer mes services plus chers ?

Les hommes me dévisagent, puis Gryphon éclate de rire, l'air sincèrement heureux.

— Tu es vraiment une femme spéciale, Kat.

Je hausse les sourcils.

— J'essaie juste de gagner ma vie.

Sans prévenir, Ryker me prend dans ses bras. Je pourrais me débattre, mais c'est trop agréable pour que j'y résiste. Ses lèvres se posent sur les miennes et je m'abreuve de son goût. Lait, herbe à chat et une pointe de cannelle.

— Arrêtez, grogne tout à coup Gryphon.

Je ne pense pas que ce soit à cause de l'endroit ou de l'heure inappropriés ; c'est surtout parce qu'il se sent à l'écart.

— Pas de baiser tant que nous n'aurons pas eu notre rencard et que nous n'aurons pas discuté de ça.

Après avoir caressé une dernière fois la langue de Ryker avec la mienne, je m'écarte et lance un regard sceptique à Gryphon.

— Ça ?

Il nous indique, Ryker et moi.

— Ça. Toi, lui, moi, Lennox. Ça.

Je soupire.

— Nous devons vraiment en parler ? Nous ne pouvons pas, je ne sais pas, juste accepter le fait que vous m'appartenez tous et aller de l'avant ?

Les hommes échangent un regard.

— Non, rétorque Gryphon. Nous en discuterons pendant notre rencard. Demain, de préférence. Ou ce soir. Le plus vite possible.

Ryker hausse les épaules.

— J'ai vécu comme un chat et nos femelles prenaient autant de mâles qu'elles le voulaient, mais maintenant que je me suis transformé, je suis moins nonchalant sur le sujet. Je pense qu'en discuter tous ensemble est une bonne chose.

Je soupire. Ah, les hommes. Il faut toujours qu'ils compliquent tout.

— D'accord pour un rencard. Mais à condition que la nourriture soit bonne. Et qu'il y ait du vin.

Gryphon acquiesce.

— Je connais l'endroit parfait. Vingt heures ?

— Et pourquoi pas à midi, plutôt ? intervient Ryker. Plus tôt on en parle, mieux c'est. Je ne sais pas combien de temps je peux tenir en la sentant en chaleur comme ça. À moins que nous ne retirions l'interdiction des baisers, et dans ce cas, vingt heures, ça me va.

— Je ne suis pas en chaleur, protesté-je.

Cependant, le simple fait qu'il le mentionne a rappelé à mes hormones que je le suis effectivement. Merde. Moi qui espérais que l'effet du meurtre sur ma libido persisterait un peu plus longtemps. Mon ventre se noue quand je réalise soudain combien les deux hommes sont près de moi. Ce serait si facile de les attirer contre moi, de me placer entre eux et de faire tout un tas de choses amusantes et cochonnes avec eux.

Un cri perçant transperce la nuit et mon désir. Benjamin.

L'un des chats de Ryker, un mâle roux, se met à miauler, et Ryker se penche pour lui parler. L'autre chat a disparu, sans doute pour scruter les alentours ou chercher du renfort. Ryker est toujours capable de communiquer avec eux, même sous forme humaine, bien au-delà des rudiments de communication que j'ai avec les chats. Lui comprend chaque mot, pas juste les intentions. Je lui envie ce don, même si c'est logique, puisqu'il a vécu avec ces chats toute sa vie et qu'ils l'ont en plus accepté comme leur leader.

— Bowen me dit que la seule façon de pénétrer dans le bâtiment, c'est par l'entrée principale, traduit-il. Il n'y a pas de trous dans le mur, pas de fenêtre sur le toit. C'est un bâtiment neuf et ça se voit. Les autres entrepôts ont tous des faiblesses exploitables, mais celui-ci a été conçu pour être sécurisé.

— C'est bien ce que je craignais, admet Gryphon. Si cet endroit possède un système de sécurité siren, il doit y avoir d'autres mesures de protection à l'intérieur. Ça ne va pas être aussi facile que dans l'autre maison. C'est une forteresse, même si elle n'en a pas l'apparence.

Un autre cri, mais pas de Benjamin cette fois-ci. Avec un peu de chance, ça provient de son agresseur.

J'aimerais avoir quelque chose pour franchir les murs, mais

je n'ai pas tout mon équipement sur moi. Après tout, nous devions juste jeter un œil à la maison bleue et peut-être faire un tour au pub. Les kidnappings n'étaient pas du tout notés dans notre agenda.

— Puisque nous ne pouvons pas faire autrement, prenons la porte, dis-je, mécontente à l'idée de perdre l'avantage de la discrétion que nous avions.

— Mes chats ramènent des renforts, indique Ryker en caressant la tête du roux pour le remercier.

— Est-ce que tu arrives à sentir le nombre de personnes à l'intérieur ? demande Gryphon, mais je secoue la tête.

— Les murs sont trop épais, désolée. Je perçois les odeurs de deux dizaines de personnes différentes ici, mais elles sont peut-être anciennes. Je suis incapable de dire combien il y en a à l'heure actuelle.

— J'imagine que nous allons nous garder la surprise, alors.

Il esquisse un sourire narquois.

— Pour tout dire, je n'aime pas les surprises. Surtout quand elles impliquent ma famille.

Je réalise que Ryker n'a pas l'air étonné que Gryphon parle de sirens et de ses liens familiaux. Cela signifie qu'il a dû informer les autres pendant ma convalescence. Bien. Ça fait un secret de moins.

— Est-ce que l'un de nous devrait rester dehors, juste au cas où ? demande Ryker.

Je me suis posé la question, mais puisque nous perdons l'avantage de la surprise, mieux vaut attaquer à pleine puissance.

— Non, nous restons ensemble.

Je prends une grande inspiration.

— Allez, allons tuer des méchants.

CHAPITRE 12

É videmment, les grandes portes d'accès à l'entrepôt sont verrouillées. Il n'y a pas de sonnette non plus. Dommage, ça aurait pu être marrant. Au lieu de quoi, je me retrouve à frapper le plus fort possible. Le son se répercute dans le bâtiment en métal, très loin.

Des pas lourds s'approchent : trois personnes. Espérons qu'il ne s'agisse pas encore de mutants morts-vivants. Cela dit, les tuer me distrairait de cette envie irrésistible que j'ai d'attirer mes hommes à moi pour les toucher dans tous les endroits agréables. Je suis distraite, et ce n'est pas une bonne chose. Benjamin est en danger, peut-être blessé, et voilà que je fantasme sur ces hommes, de préférence nus et au-dessus de moi.

Un petit trou s'ouvre sur la porte de droite et un œil apparaît.

— Qu'esse vous voulez ?

Je souris avec innocence.

— Nous effectuons une enquête pour déterminer le taux de satisfaction des entreprises locales face aux services proposés par la commune. Pourriez-vous répondre à quelques questions ?

L'homme cligne des yeux une fois. Deux.

Puis il s'écarte, et un autre homme prend sa place. Un iris bleu, cette fois-ci, avec un peu de violet sous la surface.

— Nous adorerions participer à votre enquête, me dit cet homme-là de son timbre chaud de baryton, sur un ton agréable.

Gryphon se racle la gorge, confirmant mes soupçons. C'est un siren. Donc la Meute est impliquée. Ce n'est pas une surprise, si ce n'est que la présence d'un des leaders ici me fait comprendre que l'entrepôt est peut-être plus important que je ne l'avais pensé. Et me pousse à me demander pourquoi ils ont fait venir Benjamin ici. Ils devaient se douter que nous pisterions l'odeur de notre ami.

C'est un piège.

Évidemment. La question, c'est : quand va-t-il se déclencher et quand pourrons-nous y échapper et inverser les rôles ?

L'homme s'écarte du judas et déverrouille la porte.

— Joue le jeu, souffle Gryphon. Fais semblant d'être sous son influence.

Je n'en vois pas l'intérêt. Si c'est un piège, le siren sait qui et ce que je suis. S'ils m'ont observée, ils savent sans doute aussi pour Ryker et Gryphon. Nous n'avons plus l'avantage, mais peut-être que nous pouvons nous montrer assez imprévisibles pour nous en tirer.

Les doubles portes s'ouvrent avec un grincement irritant. Ils pourraient mettre de l'huile. C'est davantage un portail qu'une porte, d'ailleurs, permettant à des charrettes de transport de passer.

Trois hommes nous attendent. Deux géants, sans doute les mêmes mutants immortels que nous avons déjà rencontrés, qui en encadrent un autre à la carrure plus mince et bien habillé. Son bouc est taillé à la perfection, ses dents sont bien blanches et son costume bien repassé. La seule imperfection chez lui, c'est cette ecchymose qui assombrit son œil gauche. Elle est récente, remontant à quelques heures tout au plus. Encore que, les sirens guérissant un peu plus vite que les humains, l'hématome est peut-être même plus récent.

— Entrez, nous dit-il d'une voix agréable. Combien de temps cela va-t-il prendre ?

Je suis impressionnée de le voir jouer le jeu, bien que ce soit une ruse. Je sais qu'il sait que nous ne sommes pas ceux que nous prétendons être. Il sait que je sais qu'il a enlevé notre ami. Et pourtant, nous jouons un rôle tous les deux, une scène dont aucun de nous ne connaît la fin. C'est plutôt amusant, dans un sens. La plupart des gens que je tue sont soit stupides, soit trop surpris pour que ce soit drôle. Ça, c'est nouveau. Quelque chose se trame et, malgré le danger, j'adore ça.

L'homme se dirige vers deux fauteuils chics dans un coin de la zone d'accueil. Nous le suivons, et les deux costauds se placent derrière nous après avoir refermé la porte. Nous voilà piégés. Intentionnellement.

— Asseyez-vous, je vous prie, dit-il de sa voix enchanteresse. Voudriez-vous boire quelque chose ?

Non, merci, je n'aime pas bien être empoisonnée.

— Rien, je vous remercie, répliqué-je avec un grand sourire. Ça ne va pas durer longtemps.

— Non, en effet, confirme-t-il avec suffisance.

Une pression sur mon dos me fait faire volte-face, mais avant que je ne puisse découvrir comment quelqu'un parvient à me toucher alors que les deux géants sont à plusieurs mètres de moi, mon cerveau court-circuite et je m'effondre au sol.

Reprendre conscience est toujours long et douloureux. Mes membres sont lourds et ne réagissent pas, mon cerveau est rempli de pensées embrouillées. Que s'est-il passé, bon sang ? Comment ont-ils réussi à nous abattre si facilement ? J'ai pourtant bien fait attention à rester à distance du siren et des hommes derrière nous. Ils n'avaient pas d'armes, d'après ce que j'ai vu. Rien d'assez long pour nous atteindre dans le dos, en tout cas. Ils possèdent donc quelque chose d'inédit.

La léthargie quitte lentement mes membres, si bien que je parviens à ouvrir les yeux et m'asseoir. Je me trouve dans une petite pièce, toute seule, et entièrement nue. Argh. Sérieux ? C'est tellement cliché.

Je me touche la tête. Ils m'ont même retiré les outils de crochetage qui servaient à retenir mes cheveux en chignon. Ils savent ce qu'ils font. Double argh.

Je me lève, chancelante et soulagée qu'ils ne m'aient pas attachée aux parois comme Lily et Bethany. Les murs sont peints en blanc, comme la porte, le sol et le plafond. La seule chose qui n'est pas aussi immaculée, c'est le petit tuyau d'évacuation chromé au sol, au centre de la pièce. Celle-ci ressemble un peu à un labo.

Mon cœur se met à battre plus vite. Par pitié, non. Pas un labo. La torture, je peux la supporter. Les expériences, non.

La porte ne bouge pas quand je la pousse. Bon, ça valait le coup d'essayer. Il y a un crochet en bas, sans doute pour faire passer la nourriture. Mon ventre gargouille à cette pensée. Depuis quand suis-je là ? Ça doit faire un moment, parce que je n'avais pas du tout faim quand je suis entrée dans l'entrepôt.

Je m'assieds et me concentre sur mes sens félins. Rien. Pas de bruit, pas d'odeur, à part celle puissante des antiseptiques.

Ils ont été minutieux. C'est comme s'ils savaient comment me déboussoler.

La vie est pleine de bruits, d'odeurs et de goûts. Si vous êtes métamorphe, il y en a encore plus. Je m'appuie davantage sur mes sens que les humains. Chaque seconde de la journée, mon esprit catalogue les nouvelles sensations et m'avertit si je dois enquêter quelque part. Être privée d'odeurs et de sons est terrifiant.

Je me concentre sur les battements de mon cœur, essayant

de me calmer grâce à son rythme régulier. Il tambourine trop vite, cependant. Je ne suis pas assez effrayée pour qu'il batte si fort, donc cela signifie que ce qu'ils m'ont injecté tout à l'heure est encore présent dans mes veines.

Je prends une grande inspiration, afin de me concentrer sur ma respiration. Cela m'aide un peu, en l'absence d'autres stimulants pour mes sens. Je n'arrête pas de penser à Gryphon, Ryker et Benjamin, cependant, j'essaie d'éviter. Cela ne fait qu'empirer la situation. Je suis sûre que les gars peuvent se débrouiller seuls. Si c'est la Meute qui est derrière tout ça, c'est moi qui les intéresse, bien plus que mes hommes.

La seule chose qui me réjouit, c'est de savoir que Mamie Docteur est morte. Cette femme qui m'a créée, qui a créé mes sœurs. C'est un léger soulagement, mais c'est mieux que rien. Elle ne pourra pas me faire de mal. Les autres ne peuvent pas être aussi mauvais qu'elle, si ?

Ils me laissent dans cette chambre pendant plusieurs heures, peut-être bien une journée. J'ai la gorge sèche, le ventre si vide qu'il a même renoncé à gargouiller, et les yeux lourds de fatigue. Je m'interdis toutefois de dormir. Je dois rester éveillée, prête à attaquer toute personne qui entrerait dans la pièce. Je dois m'échapper, sortir d'ici et libérer Benjamin. C'est bien pour ça que je suis venue, après tout.

Je change de position pour la centième fois. Le sol est dur et froid, et malgré tout, je n'arrête pas d'espérer trouver un endroit un peu plus confortable que les autres. Je serais plus à l'aise sous forme animale, mais je refuse de dépenser de l'énergie pour ça. En outre, je suis plus douée pour m'échapper sous forme humaine. Ma panthère est forte et dangereuse, mais pas très douée pour tuer discrètement.

Qu'attendent-ils ? Que je m'endorme ? Que je sois trop

faible pour opposer la moindre résistance ? Eh bien, ils vont pouvoir poireauter longtemps. Je ne cède pas facilement.

Les secondes s'écoulent au rythme des heures. Les minutes, au rythme des jours. Je suis fatiguée, j'ai faim et j'en ai marre d'être ici. Ce serait le bon moment pour me faire sortir de là. Mais puisque je doute que quelqu'un le fasse à ma place, je vais devoir m'échapper toute seule. Dès qu'ils auront ouvert cette porte, en tout cas. Puis j'irai libérer Benjamin et les garçons et nous nous vengerons de nos ravisseurs, à commencer par ce siren.

J'ai les paupières alourdies par le besoin de dormir. Je commence à déambuler dans ma cellule en comptant mes pas. Puis je repars en arrière, pour voir si j'arrive au même nombre. Puis je marche sur les mains. Et je m'étire. Et frappe l'air en m'imaginant avoir le visage du siren en face.

À la fin de mes exercices, je suis un peu moins ensommeillée, mais bien plus épuisée. Je n'ai qu'une envie : me rouler en boule et dormir. Mais non, je ne peux pas faire ça. Je dois rester éveillée, prête à me battre.

Il n'y a pas de fenêtre et je ne porte pas de montre, cependant, mon horloge interne est assez précise. Trente et une heures, me dit-elle. Pas étonnant que je me sente prête à avaler une rivière et à dévorer un ou deux cochons. Quand j'étais dans la Meute, j'avais coutume d'être privée de nourriture pendant longtemps, mais maintenant, je me suis habituée à manger régulièrement et autant que je le veux. Je me suis ramollie, j'imagine.

L'air devient étouffant dans la petite pièce. Il n'y a pas de ventilation pour le renouveler, à part un petit trou sous la porte. Le tuyau d'évacuation ne sert à rien non plus. J'y ai vu un minuscule filet d'eau, hélas je n'ai pas réussi à arracher la grille. Je m'y suis soulagée une fois, mais puisque je n'ai pas repris de liquide depuis, je n'ai pas eu besoin de recommencer. Avec un peu de chance, mes intestins seront cléments avec moi et ne m'obligeront pas à faire un deuxième passage là-dedans.

Je ne peux retenir mon bâillement. Quand vont-ils enfin venir me torturer ?

— Je m'ennuie ! crié-je le plus fort possible.

Ma gorge me brûle à cause du manque d'eau, mais je n'ai pas d'autre choix que de m'en servir.

Personne ne répond. Évidemment. J'ai compris depuis le temps que la pièce est totalement insonorisée, aucun son n'en sort ou n'y entre. Tout ce que je perçois, c'est les battements de mon cœur et ma respiration. Comme je le disais, je m'ennuie.

Je me rends compte que je me suis endormie en entendant la porte s'ouvrir. Je bondis sur mes pieds, chancelante. Combien de temps ai-je dormi ? Bon sang, je n'aurais pas dû le faire. J'étais censée rester éveillée.

Le siren entre, flanqué de ses deux gardes. L'un des deux tient dans sa main une longue canne argentée, avec une étrange lumière clignotante au bout. Une sorte d'arme, sans doute, bien que je ne l'aie jamais vue avant.

— Assieds-toi, me dit le siren de sa douce voix mélodieuse. Tu sembles sur le point de t'écrouler.

Je le fusille du regard et reste debout, reculant cependant d'un pas pour pouvoir m'adosser au le mur.

Il hausse les épaules.

— Comme tu veux. Ça ne va pas durer longtemps de toute façon.

Il fouille dans sa poche et en sort un petit bout de papier froissé.

— « K1, lit-il. Élimination recommandée plusieurs fois, mais laissée en vie pour l'instant pour servir de sujet témoin. K1 refuse de se soumettre à son entraînement. Des mesures doivent être prises. »

Il lève la tête, jaugeant ma réaction.

— Des mesures… lesquelles ?

Je ne réponds pas.

Il hausse les épaules et poursuit sa lecture.

— « En grandissant, K1 est devenue plus rebelle. Sa conscience d'elle-même a augmenté aussi. Il n'est plus sûr de la garder à proximité des autres clones. D.G. recommande de la soumettre à de nouvelles expériences afin de tester son indépendance et sa capacité à résoudre les problèmes. L'élimination pourra être approuvée si l'expérience est un échec. »

Un frisson me remonte l'échine. Il n'arrête pas de répéter ce mot, « élimination ». Me tuer. C'est ce qu'il s'apprête à faire ? C'est assez décevant. Il aurait pu le faire pendant que j'étais inconsciente.

— Sais-tu de quelle expérience je parle ?

De son regard froid, il fixe mon visage, cherchant la moindre émotion que je pourrais trahir. Eh bien, il va être déçu. Je suis douée pour cacher ce que je ressens. Même si la peur me noue les entrailles. Parce que j'ignore de quoi il parle. Je ne me souviens pas d'avoir participé à une expérience quand j'étais au sein de la Meute. Oui, parfois, ils me prélevaient du sang et observaient mes réactions, mais je ne crois pas qu'il parle de ça.

— Je crains que nous soyons arrivés à la fin de l'expérience, déclare-t-il avec un sourire qui pourrait être qualifié de gentil si ses yeux n'avaient pas été si froids. Nous ne pouvons pas la poursuivre, pas après ton coup d'éclat au centre de recherche.

J'ai du mal à comprendre ce qu'il me dit. Il parle comme s'il y avait une expérience en ce moment… mais tout ce qu'ils ont fait, c'est m'enfermer dans une pièce vide et me laisser seule avec mes pensées pendant un moment. Rien de trop spectaculaire.

— Le professeur Lakefield avait fondé de grands espoirs sur ta capacité à réussir et prouver ton plein potentiel, mais maintenant qu'il n'est plus là, c'est moi qui dirige et je pense qu'il est temps d'arrêter d'être sentimental et de mettre fin au processus.

Lakefield… Gryphon l'a mentionné. L'homme qui a formé Mamie Docteur, celui qui a démarré les clonages. Alors comme ça, il n'est plus là ? C'est une bonne nouvelle, non ? Savoir que Mamie Docteur et lui ne font plus partie du paysage devrait me soulager, cependant, face à ce type inconnu qui m'observe comme un rat de laboratoire, je ne me sens pas vraiment heureuse.

— Dans ce cas, pourquoi suis-je toujours en vie ? demandé-je d'une voix presque trop rauque pour être audible. Si vous voulez me tuer, vous avez eu plusieurs occasions de le faire.

— Crois-moi, tu serais morte si je n'avais pas besoin de toi comme assurance.

Je lui lance un regard interrogateur. Je déteste mon incapacité à comprendre ce qu'il me dit. J'ai besoin de plus d'informations, mais il est le seul qui puisse me les fournir.

— J'ai été assez surpris de découvrir un siren parmi tes collègues, d'autant plus un avec une telle ascendance. Il refuse de coopérer pour l'instant, voilà pourquoi tu es toujours en vie. Te faire du mal devrait l'aider à reprendre ses esprits.

Il fait un signe à l'un des hommes derrière lui, qui sort une petite caméra et la dirige vers moi.

— S'il te plaît, essaie de crier un peu, me dit le siren en souriant avant de s'écarter, afin de laisser l'homme à la canne argentée s'approcher de moi.

Je m'éloigne de lui, mais la pièce est trop petite pour que je puisse lui échapper. En outre, je suis trop faible pour opposer beaucoup de résistance.

— Attendez, comment j'allume ce truc ? demande l'homme tenant la caméra.

J'imagine que son collègue et lui n'ont pas été choisis pour leur intelligence.

Tandis que le siren grogne, agacé, et lui montre sur quel

bouton appuyer, je ne quitte pas des yeux l'homme à la canne. La lumière au bout semble varier en intensité, comme si l'électricité contenue à l'intérieur fluctuait. Bizarre. L'objet est plutôt joli, mais pas assez pour que je veuille le toucher. Qui sait, c'est peut-être de cette arme qu'ils se sont servis pour me plonger dans l'inconscience.

Le déclic de la caméra me pousse à faire volte-face. Stupides instincts.

J'ai bougé trop vite ; mes jambes se dérobent sous mon poids, je trébuche et tombe au sol. Ma peau nue proteste contre ce soudain contact, mais ensuite, la canne est appuyée contre mon flanc, et je ne ressens plus que douleur.

Quand je crie, ma voix est aspirée par la pièce insonorisée, ce qui rend la douleur tellement plus insupportable, d'une certaine manière. Personne ne peut m'entendre crier. Je suis seule, je souffre et ils s'en servent pour faire du mal à Gryphon.

Je me roule en boule, accrochée avec peine à ma conscience.

Quelque chose frappe ma cuisse, fort, douloureusement. C'est la goutte d'eau qui fait déborder mon vase de souffrance. L'obscurité m'engloutit, et je me laisse faire avec bonheur.

CHAPITRE 13

De l'eau froide versée sur mon corps me réveille, et j'observe mon environnement les yeux secs et écarquillés. Il y a deux jambes près de moi, prêtes à être attaquées. Si mes membres veulent bien coopérer. Comme la fois précédente, je suis paralysée, je ne peux même pas échapper à l'eau glaciale que l'on déverse sur moi. Je parviens juste à tourner la tête avant qu'elle ne m'atteigne au visage, mais le reste de mon corps n'a pas autant de chance. Le froid s'infiltre dans mes os et je me mets à trembler. Les coups de canne n'étaient donc pas suffisants ? Ils doivent avoir recours à ça, à présent ?

— Tu peux boire, maintenant, ricane l'homme en s'éloignant, avant de fermer la pièce, me laissant seule dans ma cellule blanche et vide.

J'entends l'eau couler vers l'évacuation. Bientôt, tout aura disparu. J'ai besoin de boire, de m'hydrater pour continuer à vivre. J'essaie de me tourner, afin de poser la langue au sol, mais mon corps refuse de coopérer. Je ne peux qu'écouter l'eau disparaître et accroître ma soif à chaque goutte tombant dans le tuyau.

Personne ne revient me voir. Que ce soit pour m'asperger d'eau ou me parler d'une expérience étrange. Je somnole, indifférente à ce qui pourrait m'arriver. Si je suis vraiment un outil de chantage pour pousser Gryphon à faire ce qu'ils veulent, ils vont me laisser en vie. C'est ce que je n'arrête pas de me répéter. Ils ne vont pas me laisser mourir, ils ne peuvent pas faire ça.

N'est-ce pas ?

J'ai le ventre noué ; ma faim a disparu, remplacée par un vide étrange. J'ai toujours soif, cependant. L'eau a séché sur ma peau. J'aimerais posséder une espèce de pouvoir de métamorphe amphibien qui me permettrait d'aspirer l'eau par ma peau.

Lorsque quelqu'un rouvre enfin la porte, je ne lève même pas la tête. Je dois conserver mes forces. Je n'en ai pas assez pour m'échapper, mais je pourrais peut-être balancer mon poing dans le nez de ce siren. Ce serait très gratifiant, même si ça doit être la dernière chose que je ferai. Mourir en plein éclat et après avoir fait couler un peu de sang.

Un bol est placé près de ma tête, puis les pas s'éloignent et la porte se referme. Je renifle. De la nourriture. Rien de spécial, juste du gruau et de l'eau, mais c'est mon premier repas en deux jours, alors je m'en fiche. Je me redresse jusqu'à m'asseoir contre le mur et mange. C'est totalement fade. Le siren devrait virer son cuisinier. Au moins, ça n'a le goût d'aucun poison de ma connaissance. Comme je le pensais, ils ne veulent pas ma mort. Pas tout de suite, en tout cas.

Ma gorge met un moment à s'ouvrir suffisamment pour laisser passer la nourriture. J'aurais aimé qu'il y ait plus d'eau dans le gruau. Mourir de soif est bien plus facile que mourir de faim. Je peux vivre encore quelques jours sans manger, mais pas sans boire. J'ai le corps d'une métamorphe, qui consomme bien plus d'énergie que celui d'une humaine. Il me faut me nourrir régulièrement pour conserver mes forces.

Quand j'ai terminé, je lèche le bol pour ne rater aucune goutte. C'est peut-être ce qui fera la différence entre la vie et la mort. Or, je suis une survivante.

Je m'appuie contre le mur en faisant tourner le bol entre mes mains. Bien qu'il ne me semble pas assez lourd pour pouvoir servir d'arme, ça ne va pas m'empêcher d'essayer.

Je sortirai d'ici, d'une façon ou d'une autre.

❖ * ❖ * ❖ * ❖

Quatre jours. Huit bols de gruau insipide. Quatre bouteilles d'eau. Une Kat qui s'ennuie sévère.

Le temps, impitoyable, défile lentement. Le siren n'est pas revenu me voir. Ce sont ses laquais qui m'apportent à manger, sans jamais me parler.

Ils ne me laissent pas mourir de faim ; cela dit, ils ne me donnent pas non plus assez de nourriture pour conserver mes forces. Je m'affaiblis de jour en jour, même si je continue de faire de l'exercice, de boxer l'air et de faire des concours de cris avec les murs. Je me frotte la main. Hier, j'ai frappé la porte, dans un moment de rage désespérée. Elle n'a pas bougé, évidemment, et je ne me suis pas sentie mieux après ça. Comme je suis faible, mon corps met du temps à guérir les hématomes.

Je me gratte la nuque. J'ai besoin d'une douche. J'ai les cheveux à la fois gras et secs, et mes aisselles dégagent désormais une odeur dégoûtante. Je devrais peut-être me transformer afin de me laver avec ma longue langue de panthère. Toutefois, j'ignore si je pourrais survivre à une transformation dans mon état. Cela me coûterait trop d'énergie.

La porte s'ouvre sans prévenir. Il est trop tôt pour un autre bol de nourriture. Ces derniers sont servis toujours aux mêmes moments, à douze heures d'intervalle. Comme il s'est écoulé moins de quatre heures depuis la dernière visite, ça doit être autre chose.

Je me relève tant bien que mal, le bol dans ma main. Je devrais peut-être le balancer sur mon futur visiteur. Juste pour me sentir mieux.

C'est le siren. L'un de ses hommes place une chaise au milieu de la pièce, puis rejoint son compère près de la porte pour s'assurer que je ne m'enfuie pas. Comme si j'en étais capable.

Le siren s'installe sur la chaise, croise les jambes et place ses mains jointes sous son menton. Une posture typique de méchant. Est-ce qu'ils enseignent ce genre de comportement quelque part ? L'Académie des Méchants, ça existe ?

— Tu n'as pas l'air très en forme, commente-t-il en me détaillant de la tête aux pieds.

— La faute à qui ? craché-je, soulagée que ma voix soit moins rauque aujourd'hui.

Le siren hausse les épaules.

— Estime-toi heureuse que je te nourrisse, déjà. Si ça ne tenait qu'à moi, ton corps flotterait dans la rivière à l'heure actuelle.

Donc, ce n'est pas lui qui dirige, ou du moins il ne le fait pas tout seul. C'est bon à savoir.

— Notre ami commun insiste pour avoir une preuve de vie, alors s'il te plaît, souris à la caméra.

L'une des brutes pointe à nouveau sa caméra sur moi, mais cette fois-ci, au moins, personne n'utilise la canne argentée. Je suis tentée de cacher ma nudité avec mes mains, mais à quoi bon ? Ce n'est pas comme s'ils n'avaient pas eu l'opportunité de me mater ces derniers jours. À l'heure actuelle, je me fiche un peu de mes vêtements disparus. Tout ce que j'aimerais, c'est une couverture sous laquelle me cacher.

— On m'a dit que c'était une erreur d'interrompre l'expérience, mais c'est trop tard maintenant. Nous avons les moyens de te faire oublier, et nous nous en sommes servis sur toi trop souvent pour pouvoir les compter, mais cette fois-ci, d'autres personnes sont impliquées. Tes amis te cherchent.

Même si j'effaçais ta mémoire, je ne peux pas faire de même avec tous les chats de cette ville.

Les chats me cherchent. Avec un peu de chance, Lennox, Lily et Bethany aussi, s'ils ont réussi à rentrer à la maison en un seul morceau. J'espère que le siren n'a pas fait de mal à Benjamin. En tant qu'humain, ce dernier n'a pas une grande utilité aux yeux de la Meute. Je doute qu'il leur serve à autre chose qu'appât pour nous attirer ici. J'espère également qu'ils ne s'en débarrasseront pas sous prétexte qu'il ne leur est pas indispensable.

Gryphon semble être toujours captif, mais Ryker ? A-t-il réussi à s'échapper pour mobiliser ses chats ? Je l'espère sincèrement. Cela signifierait que deux de mes hommes sont en sécurité.

Comme le siren n'enchaîne pas, je prends la parole.

— Que va-t-il se passer maintenant ?

Il sourit, narquois.

— Nous allons avoir une petite conversation, tous les deux.

— Ce n'est pas déjà ce que nous faisons là ?

Son sourire s'élargit.

— Non. Pas le genre que je prévois d'avoir avec toi.

— Vous allez devoir être plus clair.

Je tente d'avoir l'air le plus confiante possible, cependant, le tremblement de mes jambes me trahit.

— Nous allons nous rendre au laboratoire afin de discuter là-bas. Comme nous le faisons chaque fois. Oh, mais tu ne peux pas te souvenir de ça, n'est-ce pas ?

Ce n'est pas une question. Il sait que je ne peux pas me souvenir. À condition que ce qu'il évoque se soit vraiment produit, ce dont je doute.

— Je ne vous ai jamais vu, répliqué-je, les dents serrées.

— Mais si, affirme-t-il joyeusement. Tu m'as donné tout un tas de surnoms imagés. Tu es un sacré chat sauvage. Nos conversations vont me manquer. Elles étaient si divertissantes.

J'ai du mal à cacher ma confusion. J'ignore totalement de quoi il parle.

Il fait signe à l'un de ses gardes, qui brandit tout à coup la canne argentée. Oh, non.

— Je vais vous suivre, dis-je en vitesse. Pas besoin de ça.

Je ne pensais pas que son sourire pouvait s'élargir encore.

— Sauf que j'aime t'entendre crier.

Il fait un signe à l'un des costauds et, avant que j'aie le temps de me préparer, ce dernier plaque la canne contre moi, et je ne ressens plus que douleur.

Cela devient une tradition agaçante. Me réveiller incapable de bouger, avec le goût du sang dans la bouche et le souvenir de la douleur toujours vivace dans mon esprit. Sauf que cette fois-ci, je ne suis pas dans ma cellule. Je suis attachée à une chaise par des liens en cuir noués autour de mes bras et de mes jambes. Je me souviens vaguement d'avoir vu ce genre de sièges au centre de recherche de la Meute, mais puisque nous avons réduit ce dernier en cendres, nous sommes sans doute ailleurs. Il n'y a aucune fenêtre dans cette pièce, et, à l'instar de ma cellule, elle semble insonorisée, si bien que j'ignore où je me trouve. Pour ce que j'en sais, je suis peut-être toujours à l'entrepôt.

Je suis seule ici. Au moins, cela me donne l'opportunité de regarder autour de moi le temps que mon corps se remette de la paralysie. C'est un labo, aucun doute là-dessus. Celui de *Miaou* possède certains instruments que j'aperçois sur les tables et les étagères, mais il y en a beaucoup d'autres que je ne reconnais pas. Deux grandes tables métalliques se trouvent sur ma droite, tandis que, sur ma gauche, j'aperçois un bureau et la porte menant à la liberté. Les lumières au-dessus de ma tête sont vives et éblouissantes, conférant à ma peau un air pâle et maladif. À moins que ce ne soit ma véritable apparence à l'heure actuelle.

J'imagine que je devrais m'estimer heureuse qu'il n'y ait aucune éclaboussure de sang par terre ni morceaux de cadavres disséqués dans les pots en verre. Ce laboratoire est propre est bien rangé, pas le genre qui semble assassiner des métamorphes félins régulièrement. Je serai peut-être la première.

Après quelques secousses de rigueur sur mes liens pour les tester, je m'adosse et attends.

Je sombre dans l'ennui quand la porte s'ouvre enfin et que le siren entre. Je ne connais toujours pas son nom. En même temps, je m'en fiche. Je ne suis pas près de lui envoyer une carte de remerciement.

— Tu es bien installée, j'espère ? demande-t-il avec un sourire faux tandis qu'il s'installe sur une chaise de bureau au dossier haut, qui donne l'impression qu'il est assis sur un trône. Reconnais-tu cette pièce ?

Je ne réponds pas.

— Je prends ça pour un non. C'est intéressant de voir que le conditionnement fonctionne toujours. Certains d'entre nous, mais pas moi, se disaient que tu commencerais à te souvenir, maintenant que tu n'es plus sujette à nos stimuli. Manifestement, ils étaient puissants. J'en suis content. Cela veut dire que je peux te surprendre.

— Me surprendre avec quoi ?

— La vérité.

Il claque la langue.

— Mais je crois que nous devrions faire quelques tests d'abord. Tu ne seras pas très contente de les faire après que je t'aurai tout raconté.

— Je ne suis pas très contente maintenant non plus, grogné-je.

M'ignorant, il se lève de sa chaise. Il fourrage dans un des tiroirs du bureau jusqu'à trouver quelques photos, anciennes, aux coins jaunis. Il en agite une devant mon visage.

— Est-ce que tu la reconnais ?

Il s'agit d'une femme portant une blouse de laboratoire, les cheveux attachés en un chignon serré sur le dessus du crâne. Elle a l'air énervée et très familière. Une version plus jeune de Mamie Docteur. Je refuse de prononcer ce nom à voix haute. Lui donner un surnom si innocent ne convient pas. Je me creuse les méninges pour me rappeler son vrai nom, celui que Gryphon m'a indiqué. Jane ? Jasmin ? Quelque chose en J… et puis Fitzroy.

— Le Dr Fitzroy ? demandé-je, surtout par curiosité et saisie de l'envie de comprendre ce qu'il se passe.

S'il veut me donner des informations, je suis prête à les accepter. N'importe quelle miette m'aidera à faire tomber la Meute.

— Très bien. Et lui ?

L'image suivante est celle d'un jeune homme, vêtu aussi d'une blouse de laboratoire, et possédant des lunettes épaisses et un visage étrangement sans expression.

— Aucune idée.

— Bizarre, marmonne-t-il, sans préciser. Lui ?

Un autre jeune homme que je ne reconnais pas. Je secoue la tête.

— Et elle ?

Il me montre une photo de moi, assise sur un banc un jour de grand soleil.

— Très drôle.

Il ne sourit pas.

— Regarde de plus près.

Je fronce les sourcils et me concentre à nouveau sur le cliché. Les vêtements… Je ne crois pas posséder de jean comme ça. Et ses cheveux sont plus longs que les miens. Ses yeux trahissent une certaine tristesse ; je ne possède pas de telles rides.

Ce n'est pas moi.

J'aimerais m'emparer de la photo, mais j'ai les mains liées. Frustrée, je me penche le plus possible.

La femme sur la photo ne peut pas être l'une des clones. Elle a le même âge que moi maintenant, voire quelques années de plus. Puisque tous mes clones sont plus jeunes que moi, cela signifie qu'elle est...

— L'originale, murmure le siren sur un ton mélodramatique, confirmant mes soupçons. Le modèle pour toi et tous les autres K.

Je n'arrive pas à détacher les yeux de l'image. C'est moi et en même temps pas moi. Avec Mini-Kat, c'était différent. Elle est une version plus jeune de moi-même, et pourtant, quand je la regarde, je ne me vois pas autant que là. J'avais sans doute la même apparence qu'elle à son âge, mais je ne m'en souviens pas. Personne ne se remémore son reflet aux différents âges de sa vie.

— Elle a été prise le jour où nous t'avons créée. Celui de ta naissance, pour ainsi dire. Notre objectif a toujours été de te faire atteindre le même âge que l'originale, pour comparer ensuite les mesures que nous avons prises sur elle, il y a vingt-deux ans. Malheureusement, je doute que tu survives si longtemps.

Il a vraiment l'air un peu déçu.

— Si vous voulez ces données, pourquoi ne pas me laisser en vie ?

— Cela ne serait pas une partie de plaisir. Ce que tu as expérimenté ces derniers jours n'est qu'un avant-goût de ton avenir ici. Tu auras de la chance si je te libère de tes souffrances bientôt.

Ce n'est pas effrayant *du tout*.

Je grogne.

— Que diriez-vous de ne m'infliger aucune douleur et que, en échange, je vous laisse la vie sauve ?

— Je crains que cela ne soit pas possible. Si tu n'avais pas détruit l'un de nos labos de recherche, j'aurais sans doute pu te laisser vivre un peu plus longtemps, mais tu nous as prouvé que tu étais trop dangereuse et imprévisible. Nous nous doutions que tu attaquerais la Meute un jour, cependant, nous ne nous attendions pas à ce que tu t'entoures d'alliés pour le faire. Tous les sujets K ont été élevés pour être indépendants et libres de toute relation personnelle, alors nous avons été surpris que ce ne soit pas ton cas. Trouver des employés, construire des amitiés, encourager les autres à se battre à tes côtés… Tout ceci est extrêmement inhabituel pour les gens de ton espèce.

Il a tort. Mini-Kat adore la compagnie des autres. Je ne suis peut-être pas une personne très sociable, mais j'apprécie de collaborer avec les autres pour accomplir un but. D'accord, de qui je me moque ? J'adore avoir les gens de *Miaou* autour de moi. Ce sont mes amis, même si cela me surprend encore. Ce n'est pas comme si j'avais cherché à devenir leur amie. C'est arrivé comme ça.

L'homme sort une nouvelle photo du tas et me la montre. Un homme d'un certain âge, doté d'un haut de forme et de cicatrices sur le visage. Un homme que je reconnais immédiatement. L'Homme Mystère, celui qui a rendu *Miaou* possible. Qui m'a donné de l'argent. Qui m'a laissé sa maison dans son testament. Que je pensais être un ennemi de la Meute.

— On dirait que tu as reconnu le professeur Lakefield. Dis bonjour à ton créateur.

Je fixe le siren tandis que mon monde s'écroule.

CHAPITRE 14

La douleur physique qu'ils m'ont infligée n'est rien comparée à la douleur qui me tiraille le cœur actuellement. Tout n'est que mensonge. L'Homme Mystère, mon bienfaiteur, travaillait pour la Meute. Il m'a *créée*. C'est sans doute lui qui a donné l'ordre de m'envoyer chez lui. Et je suis tombée dans le piège.

Le siren ne dit plus rien, me laissant à mes pensées. Il fourrage à droite à gauche, me laissant volontairement le temps d'assimiler la vérité.

J'ai été trahie.

Je n'ai jamais été libre. Je n'ai jamais eu la vie que je croyais. Tout a été orchestré par l'homme qui m'a créée dans son laboratoire. Ils m'ont envoyée le tuer, mais ce n'était qu'un jeu. Il avait toujours prévu de me libérer, à sa façon. Tous savaient que je comptais m'enfuir, et pour empêcher ça, ils ont desserré la laisse juste assez pour que je me sente en sécurité.

Toutes ces affaires que l'Homme Mystère m'a confiées. Tous ces gens que j'ai tués. Il m'a dit que certains étaient membres de la Meute, que leur mort m'aiderait à les faire tomber. Maintenant que j'ai découvert qui il était, j'imagine très bien qui j'ai tué. Des gens œuvrant contre la Meute. Et je les ai assassinés. Je n'ai jamais cessé d'être leur main armée.

A-t-il même eu une petite-fille ? Est-il vraiment mort ? M'a-t-il vraiment légué cette maison ? Ou tout ceci fait-il aussi partie du même jeu ?

Ma vie est un mensonge. Ma liberté, une illusion. Je ne suis qu'une marionnette dont les ficelles ont été relâchées quelques instants. Malgré tout, elles sont toujours là, et désormais entre les mains du siren, qui les tire plus fort afin de me contrôler.

Sauf que c'est terminé.

Plus jamais.

Mes options sont claires. Je peux me soumettre à lui, le laisser me tuer, ou je peux me battre pour retrouver ma vie. La forger en repartant de zéro. Et si je dois mourir dans la manœuvre, qu'il en soit ainsi. Au moins, je mourrai en me battant pour mes rêves.

Plus jamais.

Je grogne à l'intention du siren.

— Ça ne marche pas.

Il paraît un peu sidéré.

— De quoi parles-tu ?

— De votre tentative de me briser. Je sais ce que vous faites et ça ne fonctionne pas. Je me fiche d'avoir été trahie. Je me fiche que ce soit la Meute qui m'ait laissée fuir. Parce que tout ceci m'a servi d'entraînement. Vous m'avez aidée à devenir la personne que je suis à présent. Quelqu'un qui n'a pas peur.

Il hausse les épaules.

— Quoi que tu penses, ça n'a pas d'importance. Ce qui importe, c'est que tu es là à présent et que tu es retournée sous mon contrôle. Je me fiche de ce que tu as en tête pendant tes derniers instants.

Je lui souris.

— Je n'en crois pas un mot. Vous adorez ça. Je sens votre excitation. Vous êtes un psychopathe qui se nourrit de la douleur qu'il inflige aux gens. Mais vous ne pouvez plus me faire de mal. Vous venez de me dire la pire chose que je pouvais entendre. Ce qui signifie qu'à compter de cet instant, vous ne pouvez rien faire de pire. Regardez, je suis même en train de vous sourire.

Son masque disparaît. Il n'est pas aussi doué que moi pour cacher ses pensées. Il a l'air déçu. Démotivé.

J'éclate de rire.

— Vous vouliez faire un triomphe, et voilà que cela devient votre plus grand échec. Vous pensiez que cette révélation allait me briser, alors que, au contraire, c'est elle qui me remet d'aplomb.

Je me sens forte. Plus forte que jamais. Comme si un interrupteur avait été actionné en moi, un dont j'ignorais l'existence. Je ferme les yeux et fais venir ma panthère à la surface. Pas au point de me métamorphoser, mais suffisamment pour lui emprunter sa force. Les liens qui me retiennent sont peut-être assez résistants pour maintenir une humaine, mais ils ne peuvent rien contre moi.

Un pouvoir pur court dans mes veines. Je lève le bras droit, et la menotte en cuir s'ouvre.

Le siren fait un pas en arrière, trébuchant, les yeux écarquillés. Je parie qu'il ne s'attendait pas à ça. Il doit regretter de ne pas être venu avec ses sbires. Il est seul dans la pièce avec moi, une métamorphe enragée qui crie vengeance.

Il tente de s'enfuir, mais je suis trop rapide pour lui. Mes ongles mués en griffes se débarrassent sans peine des dernières attaches. Je suis libre et prête à tuer.

Grognant, je bondis, atteignant le siren juste avant que sa main n'attrape la poignée. Nous nous affalons au sol, moi sur son dos, puis j'enfonce mes crocs dans sa gorge. Il pue la peur. Gryphon avait raison : si les sirens tirent les ficelles, ils se salissent rarement les mains. Cet homme ne porte même pas d'arme.

— Souviens-toi de ceci, feulé-je dans son oreille. C'est toi qui m'as poussée à faire ça. C'est toi qui m'as poussée à *te* faire ça.

Puis je me transforme et lui arrache la gorge.

Je laisse une traînée de sang dans mon sillage. Le siren n'était que le premier. J'ai éviscéré le premier costaud et l'ai regardé essayer de remettre ses boyaux à l'intérieur de son corps. Je l'ai laissé à cette mort lente et douloureuse. Je doute que ses capacités de guérison soient suffisantes pour qu'il puisse se remettre de tant de dommages. Le deuxième homme a essayé de me frapper avec la canne en argent, mais je lui ai arraché la tête avant qu'il ne m'atteigne. Deux autres m'attendaient en haut de l'escalier. Je leur ai ouvert la gorge en savourant leurs gargouillis tandis qu'ils me maudissaient dans leur dernier souffle.

Je suis couverte de sang, et pas une goutte ne m'appartient. Je suis une tueuse et je viens juste de commencer.

La demeure est vide à présent, or je sens les odeurs d'humains non loin, et parmi elles, Ryker. Je ne m'embarrasse pas de la porte. Je saute par la fenêtre, sans me soucier des bris de verre contre ma peau. L'odeur me mène à la maison voisine, peinte en bleu vif. Trois hommes et une femme m'attendent dans le jardin, brandissant des épées et d'autres cannes en métal, mais ils ne sont rien pour moi. Je les déchiquette, même pas gênée par le goût de leur sang. Celui de la femme est plutôt doux, d'ailleurs ; elle n'est pas tout à fait humaine. Comme Mini-Kat l'a décrit. J'ai l'impression d'en vouloir davantage, de vouloir m'abreuver de cette source, cependant, les autres humains s'apprêtent à se battre contre moi, et je dois m'assurer qu'aucun d'eux ne blesse mon Ryker.

Je fais irruption dans la maison par la porte ouverte. Merci de ne pas avoir refermé, les cadavres. L'entrée est étroite, si bien que les humains ne peuvent m'attaquer qu'un par un. La bâtisse en est remplie, ils sont au moins quinze ; toutefois, il y a peut-être parmi eux ces mutants dont je ne parviens pas à discerner l'odeur de celle des humains. Encore mieux. Plus j'en tue, moins ils pourront s'attaquer aux gens que j'aime.

Trois, quatre, tout le monde meurt. L'un parvient à m'atteindre avec sa dague, mais je sens à peine la lame. De mes grandes pattes, je marche sur leurs corps, enfonçant les griffes dans la chair morte. Quel dommage que ma fourrure soit noire ; le sang doit moins bien se voir que sur le blanc de Lennox.

Je renifle. Ryker est en bas, sans doute détenu dans le sous-sol, comme moi dans la maison d'à côté. Peut-être a-t-il la même cellule. Je grogne à l'idée de mon chat fier emprisonné. Affamé. Peut-être torturé aussi.

Cette image me pousse à filer vers l'escalier. Là m'attend un géant en bas des marches, brandissant deux haches. Il constituait peut-être un défi autrefois, mais plus maintenant. Je bondis, évitant ses grandes lames, puis attrape son cou entre mes mâchoires et le mords. Il s'écroule au sol, se tortille. Sachant qu'il s'agit de l'un des mutants — sa taille l'a trahi —, je lui arrache la tête et la balance à l'autre bout du couloir comme un ballon.

Une chaussure bien cirée arrête sa course. Je lève les yeux vers l'homme qui a mis fin au jeu. Un autre siren. Il m'est vaguement familier, avec sa tignasse blonde et son visage boursouflé. Un sourire étire ses lèvres, comme s'il admirait mon carnage.

— Vous devriez arrêter, maintenant, dit-il d'une voix douce qui me rappelle l'autre siren. Vous ne voudriez pas que je fasse du mal à vos amis.

Son accent distingué m'évoque un homme politique, contrôlant les humains de cette ville.

Je lui grogne dessus, pressée de lui arracher la gorge.

J'adore faire ça. Le sang qui gicle, les gargouillis, la peur dans les yeux de mes victimes quand elles réalisent que c'est la fin.

Un faible miaulement me retient. Ryker. Il souffre.

L'écume me monte aux lèvres. Ils le font souffrir. Ils vont tous mourir.

— Encore un pas et ils le tueront.

Il pourrait bluffer. Malgré tout, même dans ma frénésie meurtrière, j'ai peur de courir le risque.

Je m'immobilise, le corps tendu, prête à bondir dès que ce sera sûr. Pas pour moi, mais pour Ryker.

— Comment vous êtes-vous échappée ? demande-t-il, même s'il doit bien se douter que je ne peux pas répondre, sous cette forme. Peu importe, je vous tiens à présent. Et je devrais vous remercier d'avoir tué David, il commençait à devenir pénible.

Je grogne. Il ne me tient pas, non. Je ne me soumettrai pas à lui. Je ne fais que gagner du temps afin de m'assurer que Ryker n'est pas en danger immédiat.

Mes sens m'indiquent qu'il y a deux humains en sa compagnie dans une pièce non loin d'ici. Cela ne doit pas être le même genre de cellule insonorisée que la mienne, puisque je peux percevoir leurs battements de cœur et leur sueur. Ils sont effrayés. Ça me plaît. Ça va être encore plus amusant. C'est toujours plus divertissant quand les proies paniquent avant de mourir.

La seule chose entre eux et moi, c'est ce vieux schnock blond.

Plus pour longtemps.

Je pousse un nouveau grognement, entendant avec satisfaction son cœur s'accélérer un peu. Il n'est pas aussi calme qu'il n'y paraît. Il a raison d'avoir peur. Je suis à deux doigts de lui arracher l'entrejambe.

— Transformez-vous, m'ordonne-t-il. Nous pourrons alors discuter de la suite.

Plutôt que d'obéir, je lui montre mes dents aiguisées. Hors

de question que je me métamorphose. Je ne me suis jamais sentie si vivante, si *bien* en tant que panthère. Il s'agit de moi, de la véritable Kat.

Des pas s'approchent dans mon dos et, quelques secondes plus tard, un nouveau garde apparaît. C'est le plus grand de tous ceux que j'ai vus, si large d'épaules qu'elles touchent le mur du couloir. Comment parvient-il à trouver des vêtements à sa taille ?

— Avez-vous besoin d'aide, monsieur ? demande-t-il de sa voix grave et puissante.

Il s'exprime avec une intelligence rare chez ces brutes.

— Oui, reste là. Ce chaton est en train de montrer ses griffes.

Ce connard vient de me traiter de chaton ?

Je bondis, plus capable de penser normalement. Mes griffes transpercent son visage, lui arrachant un œil dans la manœuvre. De mes pattes arrière, je pousse contre le géant, juste pour le faire reculer un peu. Il est trop fort pour en tomber, mais cela me laisse le temps de refermer les mâchoires sur la gorge du blond.

Je dois faire vite à présent, Ryker pourrait être en danger. Je bondis sur le costaud, qui sort tout à coup un couteau de nulle part et le brandit. Dans mon élan, je ne parviens pas à m'arrêter à temps et il me transperce le ventre.

Je gémis de douleur, un faible écho aux sons étranglés que pousse l'homme quand j'enfonce mes pattes arrière dans son entrejambe, toutes griffes dehors. Cette fois-ci, il tombe, sur le dos, et grogne sous l'impact de sa chute. Je le laboure de coups de griffes, et il hurle tandis que je lui arrache le pénis.

Pour faire bonne mesure, je le mords aussi à la gorge et l'éviscère, puis m'éloigne pour inspecter ma propre blessure. Quoique profonde, elle ne semble pas avoir touché d'organes vitaux. Elle saigne beaucoup, mais va finir par guérir. Je ne peux pas y faire grand-chose pour le moment. Rester sous forme de panthère m'aidera, car je récupère plus vite ainsi.

Bien que la blessure me ralentisse, elle ne m'immobilise pas entièrement. Je serre les dents, faisant de mon mieux pour ignorer la douleur, et traque l'odeur de Ryker. Il y a un humain avec lui. Même si je suis blessée, cela ne devrait pas être un problème. Au contraire, j'attends avec impatience mon prochain meurtre. Ma soif de vengeance n'est pas encore étanchée. Il m'en faut plus, beaucoup plus.

Dès que j'emprunte un nouveau couloir, un homme maigrichon court vers moi, deux lames incurvées à la main. Je suis déçue, ce n'est même pas l'une de ces brutes. Il a l'air entièrement humain et a la même odeur aussi. Le sang qu'il a sur les mains n'est cependant pas humain, lui. Mon cœur s'affole. Cet homme a fait du mal à Ryker. Il va souffrir tout autant.

Je bondis sur lui, sans m'attarder sur ma douleur au ventre. Je déteste être blessée. Heureusement que ça n'arrive pas souvent.

L'homme, rapide, échappe à mon attaque en effectuant une élégante roulade arrière. Il s'accroupit ensuite, les couteaux brandis vers moi. Je suis impressionnée. Pas suffisamment pour le laisser vivre, cela dit. Grognant, je lui saute à nouveau dessus, contrant son attaque d'une patte et lui donnant un coup de l'autre. Il s'écarte sur la droite, pas assez vite toutefois pour échapper à mes griffes acérées. Elles s'enfoncent dans ses habits et sa chair, lui arrachant un téton dans la manœuvre. Je m'en sens un peu coupable. Je détesterais que quelqu'un me coupe le mamelon en deux.

L'homme crie, et je profite de sa distraction momentanée pour plonger mes griffes dans sa gorge. Il agite faiblement ses couteaux, mais c'est trop tard. Je lui transperce le torse, exposant son cœur. Celui-ci émet un dernier battement, dernière contraction du plus beau muscle de tout le corps, puis il s'immobilise. L'homme est mort, et moi, je lutte contre mon envie de manger son cœur.

Merde, il faut que je me concentre sur mon côté humain. Je deviens trop bestiale.

Puis j'entends Ryker crier, et toutes ces pensées s'envolent.

Il a besoin de moi, non pas de l'humaine, mais de la prédatrice, et je vais le sauver.

CHAPITRE 15

La cellule de Ryker n'est pas aussi blanche que la mienne. Ses murs sont peints d'un gris pâle, et lui a même droit à un seau, pas juste au tuyau d'évacuation. Le grand luxe.

En revanche, il est enchaîné au sol par une épaisse chaîne en fer. Très médiéval, vraiment. Ils lui ont mis un collier autour du cou, mais je soupire de soulagement en constatant qu'il ne s'agit pas d'un collier de contrôle. Celui-ci est en métal tout simple et entoure sa gorge juste pour pouvoir l'attacher. Il a également des menottes en bronze aux poignets. Je les reconnais. Elles servent à empêcher la transformation. Je me demande pourquoi ils ne m'en ont pas mis. Peut-être qu'ils savaient qu'en m'affamant je serais trop faible pour me transformer. Enfin, jusqu'à ce qu'ils me brisent et détruisent la barrière m'empêchant de reprendre toutes mes forces. Cela ne veut pas dire que je n'ai pas faim, juste que je ne vais pas m'effondrer tout de suite.

Ryker est roulé en boule sur le sol et son cœur bat à un rythme régulier. Il est en vie. Avec un peu de chance, il est juste inconscient.

Je pousse son dos avec ma tête. Il gémit. Ses paupières papillotent, mais il semble trop faible pour les garder ouvertes trop longtemps. Que lui ont-ils fait ? Il criait de douleur tout à l'heure. Peut-être à cause d'une des cannes. Cela expliquerait pourquoi il est si somnolent. Pauvre chat. Comment vais-je faire pour le sortir de là ? Il est trop lourd pour que je puisse le porter. S'il s'était transformé, j'aurais pu l'attraper par le cou, comme une maman panthère. Il faut donc que je lui retire les menottes en premier, ce que je ne parviendrai jamais à faire à moins de redevenir humaine. C'est trop dangereux, cela dit. Qui sait dans quel état je me trouverai une fois transformée ?

Bien que je déteste l'admettre, j'ai besoin d'aide.

— Je reviens, miaulé-je à l'attention de Ryker.

Sa bouche se tord, comme s'il essayait de répondre. Cependant, il est trop faible pour parler. Si je n'avais pas déjà tué tout le monde dans cette maison, je recommencerais avec plaisir.

Après une dernière caresse avec mon museau, je remonte les marches en courant et sors dans le jardin. Des cadavres ensanglantés me lancent des regards accusateurs. Je donne un coup de patte à l'un d'eux pour la peine, puis je miaule le plus fort possible, appelant tous les chats du quartier.

Trente secondes plus tard à peine, un chat tigré gris, auquel il manque une oreille, apparaît. Il incline la tête en s'approchant. Très poli. Je l'aime déjà.

— Es-tu un des chats de Ryker ? demandé-je, sans perdre du temps en présentations.

— Non, mais je connais certains des siens. Comment puis-je vous aider ?

Un chat qui ne fait pas partie de la famille de Ryker. Étrange. Je me demande pourquoi il ne l'a pas rejointe. Peut-être que c'est un solitaire. J'espère pouvoir lui faire confiance.

— J'aimerais que tu trouves certains chats de Ryker et que

tu leur dises d'aller chercher les humains de Kat. Ils sauront de quoi tu parles. Et dis-leur de se dépêcher.

— Et qu'est-ce que j'obtiens en échange ?

Rah, les chats.

— Un mois d'herbe à chat, concédé-je à contrecœur.

— Marché conclu.

— Dépêche-toi, lui rappelé-je. C'est important.

Le tigré hoche la tête et part en courant. J'espère vraiment, vraiment qu'il va faire son travail.

Pendant ce temps, je surveille les alentours. Il y a quelques humains dans les bâtiments voisins, mais aucun qui n'est Benjamin ou dont l'odeur me fasse penser qu'ils aient pu être en contact avec les gens que j'ai exécutés. Bien que ma soif de sang me pousse à tous les tuer, tuer chaque humain de cette rue, c'est mon désir de protéger Ryker et de rester auprès de lui qui l'emporte.

J'explore la maison, espérant saisir l'odeur de Gryphon. J'ai beau avoir trouvé Ryker, mon siren manque toujours à l'appel. Il devrait cependant être en vie, d'après ce que l'autre siren m'a dit. Dès que j'ai mis Ryker en sécurité, je pars à la recherche de Gryphon.

En sécurité. Je souffle et m'ébroue. Le siège de *Miaou* ne représente plus la sécurité. Il fait partie du piège, du mensonge qui m'a fait croire que je possédais ma propre maison. Ce n'est plus vrai. C'est l'argent de la Meute qui a payé cette maison, donc je n'en veux pas. Je sais qu'il n'y a pas d'appareils d'écoute à l'intérieur, j'ai vérifié dès mon emménagement. Cela ne signifie pas pour autant que nous ne sommes pas sous surveillance. Qui sait quelles surprises ils ont cachées dans le bâtiment. À leur place, j'aurais ajouté un moyen de mettre fin à l'expérience si elle était un échec. Comme des explosifs sous la bâtisse. Espérons qu'ils n'y ont pas pensé, mais j'ai vécu assez longtemps avec la Meute pour savoir que c'est précisément ce qu'ils ont fait.

Dès que Ryker reprendra conscience, nous devrons récupérer nos affaires et nous trouver un nouveau logement. Ma poitrine se serre à cette idée. Pour la première fois de ma vie, j'avais eu une maison. Un endroit où je me sentais en sécurité, que j'avais transformé en ma propre petite entreprise d'assassinats.

Ils m'ont pris tout ça.

Comme si découvrir des vérités qui m'ont brisé le cœur n'était pas suffisant, il avait aussi fallu qu'ils me prennent ma maison.

Ne voyant aucun autre chat, je retourne au sous-sol et me blottis contre Ryker. Il gémit tout bas, encore incapable de parler. Je l'entoure de mon corps, protectrice, espérant qu'il pourra sentir ma présence.

— Tu es en sécurité à présent, lui murmuré-je aussi bas qu'une panthère en est capable. Je vais m'assurer qu'ils ne te fassent plus jamais de mal.

C'est une promesse. Je vais nous trouver une nouvelle maison. Je vais détruire la Meute. Et je vais sauver mes sœurs.

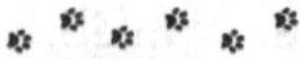

Quand les autres arrivent, Ryker a commencé à remuer. Je n'ai pas du tout envie de bouger pour ma part. Mon ventre me fait mal, la blessure ne guérissant pas assez vite. Si l'un des membres de la Meute débarque, je vais avoir bien du mal à nous défendre. Heureusement, je reconnais l'odeur de mon équipe avant même qu'ils n'arrivent au sous-sol.

Je n'ai pas le temps de pivoter que Lennox me prend dans ses bras, me serrant très fort. Il passe ses doigts dans ma fourrure, me disant par son seul toucher combien je lui ai manqué.

Beth s'agenouille près de Ryker et l'examine, tandis que Lily se joint à Lennox pour me caresser. Son autre bras étant dans un plâtre, j'en déduis qu'il est cassé.

— Tu es blessée, marmonne-t-elle. C'est assez moche.

C'est aussi l'impression que j'ai. Cela devrait être moins enflammé à présent, sauf que ça empire. J'espère que les lames n'étaient pas empoisonnées. Je n'ai rien senti de la sorte dessus, mais je commence à comprendre que ça ne veut rien dire.

La Meute a des atouts dans ses manches dont j'ignore tout. Comme des humains mutants qui sentent comme des humains, mais qui possèdent des capacités que seuls les métamorphes devraient avoir.

— Est-ce que Gryphon est là aussi ? demande Lily.

Je secoue ma tête avec lassitude. Lennox en profite pour la poser sur ses genoux et me gratter derrière les oreilles, comme j'aime.

— Au moins, nous vous avons retrouvés tous les deux, commente-t-il, d'une voix étranglée.

Est-il ému ? Ooooh. J'ai manqué à mon loup.

— Il a l'air d'aller bien et d'être juste épuisé, déclare Beth, qui a fini d'examiner Ryker. Mais nous devrions partir au plus vite pour que tu puisses te soigner. Il y a juste un petit problème avec ça...

Je la regarde de plus près pour la première fois depuis son arrivée. Quelque chose a changé chez elle, et je doute que ce soit volontaire. Se faire une coupe de cheveux pendant que ses amis ont disparu, même elle ne le ferait pas.

Elle grimace quand elle voit ce que je regarde. Il lui manque la moitié des cheveux.

— Oui, à ce propos. Il y a eu un petit incendie...

Je grogne avec frustration. La Meute a attaqué ma maison pendant que j'étais retenue prisonnière.

Lennox augmente ses caresses pour me calmer.

— La maison n'existe plus, murmure-t-il. Nous avons réussi à sortir certaines choses avant que tout prenne feu, mais on ne peut plus y habiter. Nous avons perdu toutes les recherches que Bethany faisait sur les clones. Benjamin…

Je lève la tête, surprise. Benjamin est avec eux ?

— Oui, il a réussi à s'échapper tout seul, répond Lennox à ma question non formulée. Ils l'ont sous-estimé, le prenant pour un faible humain. Il nous a rejoints il y a trois jours. En ce moment, il monte la garde dans notre nouvelle maison.

J'ai tant de questions, mais je suis fatiguée, tellement fatiguée. Je ferme les paupières et me laisse dériver dans le sommeil, entendant à peine les voix de mes amis autour de moi. Je dois reprendre des forces pour pouvoir me transformer et sortir d'ici, mais au moins, j'ai tué toutes les personnes qui pourraient vouloir nous faire du mal.

À un moment donné, on éloigne Ryker de mes bras. Je me débats, voulant d'instinct le garder contre moi, mais Lennox me retient fermement.

— Il faut que tu te transformes, murmure-t-il gentiment. Je ne peux pas te porter, sinon.

J'essaie de lui dire que je peux marcher, mais je n'arrive même pas à miauler. La douleur me lacère le ventre quand je tente de me lever. Et j'ai toujours les paupières closes. Ce n'est pas bon. Je m'affale à nouveau sur le sol dur en maudissant cette soudaine faiblesse qui alourdit mes membres. Peu de temps auparavant, j'étais plus forte que jamais. Maintenant, c'est tout l'inverse.

— Transforme-toi, Kat. Transforme-toi, s'il te plaît.

Je ne peux pas. Je n'ai pas assez d'énergie pour ça. Cette blessure me la pompe entièrement, ne laissant que fatigue et léthargie dans son sillage. Il devait y avoir du poison. Avec un peu de chance, Bethany possède un antidote. Oh, non. La maison a brûlé. A-t-elle réussi à sauver son matériel ? Et si elle n'avait plus aucun poison ni antidote ? Ce serait un sacré coup dur pour *Miaou*, et peut-être même mon arrêt de mort, à l'heure actuelle.

— Et si nous lui mettions les menottes ? Est-ce que ça la forcerait à se transformer ?

Non, ai-je envie de grogner. C'est une très mauvaise idée.

Mais les mots sont difficiles à former. Je somnole, perdant conscience de ce qui m'entoure.

Ma dernière pensée consiste à me dire que c'est peut-être la toute dernière pensée de ma vie.

CHAPITRE 16

J e me réveille prise en sandwich entre deux corps puissants. J'ai presque trop chaud, mais pas au point de me pousser à me lever.

Plutôt que de parler et gâcher ce doux moment de bonheur, je reste simplement allongée là à écouter les battements de cœur de ceux qui m'entourent et à savourer leur contact. Je suis contente d'être toujours vivante. Je ne sens plus aucune douleur au ventre, donc soit mon corps s'est guéri tout seul, soit il a reçu l'aide de Bethany ou quelqu'un d'autre.

— Tu es réveillée ? murmure Ryker, à moitié endormi.

— Hummmm.

C'est toute l'étendue de mes capacités vocales, à l'heure actuelle. Même si j'aurais voulu savoir comment il va, je ne sens aucune détresse ni douleur émanant de lui, et sa respiration et son rythme cardiaques sont constants. Il va bien. Que le Grand Chat dans le ciel soit loué.

— Comment tu te sens ? demande Lennox, derrière moi.

Son souffle chaud caresse ma nuque de la plus délicieuse des façons. Je pourrais peut-être l'encourager à me lécher là. Et à me faire tout un tas d'autres choses agréables, tant que je n'ai pas à bouger.

— Hummmmm.

Il pouffe.

— Je vais prendre ça pour un « ça va bien ». Je suis content de te revoir parmi les vivants.

— Hummm ?

— La lame qui t'a transpercée était empoisonnée. Heureusement, Bethany avait quelques antidotes ici, mais pour te transporter hors de cette maison, Lily a dû te mettre les menottes. Elles t'ont obligée à te transformer, mais ça n'avait pas l'air agréable.

J'essaie de me souvenir, mais c'est le brouillard. Ce n'est sans doute pas plus mal. Il semblerait que j'aie beaucoup souffert sur le moment.

— Bref, nous vous avons ramenés ici tous les deux, puis Bethany a réussi à évacuer le poison de tes veines. Ton corps était très froid à ce moment-là, donc nous nous sommes portés volontaires pour te réchauffer.

Ryker rit tout bas.

— C'était un terrible sacrifice.

J'imagine. J'aime la façon dont leurs corps s'ajustent parfaitement au mien. La seule chose qui manque, c'est Gryphon.

— Où sommes-nous ? marmonné-je, mangeant mes mots.

Lennox fait la grimace.

— Dans notre nouvelle maison. Pour le moment, en tout cas. C'est un énorme chariot. Benjamin l'a acheté à un artiste de cirque qu'il connaît. Nous nous sommes dit que ce serait pas mal d'avoir une maison facilement transportable au besoin.

Un fichu chariot. Il y a quelques jours, je vivais heureuse dans une grande maison, satisfaite et avec plein de projets pour l'améliorer. Maintenant, nous sommes presque des sans-abris.

Et tout ça à cause de la Meute. Je vais les faire tomber, les déchiqueter un à un. Les réduire en miettes. M'assurer qu'ils sachent que c'est moi qui ai causé leur mort.

Ensuite, je serai heureuse. En sécurité. Et pour la première fois de ma vie, je me sentirai *vraiment* en sécurité. Je m'étais rapprochée de ce sentiment dans mon ancienne maison, sans parvenir cependant à me détendre entièrement, à cause du danger qui pendait telle une épée de Damoclès au-dessus de nos têtes. La Meute pouvait venir, après tout.

Maintenant, je sais que j'avais raison de les craindre.

Lennox passe son bras autour de ma taille, me rapprochant de lui.

— Nous allons faire de cette maison notre foyer en attendant de trouver mieux. Et au moins, nous sommes tous ensemble, maintenant.

— Non. Gryphon n'est pas là.

Les deux hommes ne répondent pas.

— Quoi ? Il s'est échappé ?

— Kat, dit Ryker tout bas et sur un ton très prudent, comme s'il craignait que j'explose à tout moment. Mes chats l'ont vu. Il marchait près de la tanière de la Meute. Seul. Sans garde. Je suis désolé, mais ils m'ont dit qu'il ne ressemblait pas à un prisonnier.

— Ils ont dû faire erreur, répliqué-je sèchement, avec bien plus d'agressivité que prévu. Ils m'ont filmée pour lui prouver que j'étais en vie. Ils l'ont fait chanter pour l'obliger à faire ce qu'ils voulaient.

— Alors pourquoi n'est-il pas revenu ? demande Lennox d'une voix neutre. Depuis le temps, il devrait savoir que tu t'es échappée. Tu as tué plus d'une dizaine de personnes, alors la nouvelle a dû se répandre. Si le seul moyen de pression qu'ils avaient contre lui, c'était toi, il aurait dû partir.

— Peut-être qu'ils l'ont emprisonné dès qu'ils ont su que je m'étais échappée. Peut-être qu'il est dans une cellule à l'heure actuelle, attendant que nous venions le secourir.

Je serre les poings, parce que j'ai très envie d'y croire.

— Ou peut-être qu'il nous cherche en ce moment. Il est sans doute à l'ancienne maison à se demander où nous sommes. Nous devrions y aller et lui laisser un message, afin de lui indiquer où nous trouver.

— Mes chats surveillent la maison, intervient Ryker. Il n'y est pas allé. S'il vient là-bas, ils le conduiront ici, ne t'en fais pas, mais pour l'instant, il n'est pas venu.

— Alors ils l'ont enfermé, soufflé-je. Nous devons le sauver.

Lennox se racle la gorge.

— Kat, est-ce que tu penses que Gryphon pourrait faire partie de ça ? Qu'il pourrait être l'un d'eux et qu'il n'a rejoint notre groupe que pour nous espionner ?

Mon ventre se retourne. Non, je refuse d'y croire. Pas Gryphon. C'est mon ami, et plus que ça. Nous nous connaissons intimement, nous nous sommes explorés de toutes les façons possibles. Je le connais et je sais qu'il n'est pas un traître.

— Non, répliqué-je simplement. Non.

Les deux hommes ne disent rien, et je leur en veux. Ils devraient m'assurer que Gryphon est bien l'un d'entre nous, qu'il ne nous a pas trahis. Toutefois, leur silence révèle leurs doutes.

Je me redresse, quittant leur chaleur rassurante.

— Il n'y a qu'une seule façon de le savoir. Nous devons le retrouver.

Ryker bâille et remonte la couverture.

— Ce n'est pas ça le problème. Mes chats savent où il est. Le problème, c'est l'atteindre sans se faire repérer. Il est dans la tanière de la Meute et ils ont augmenté le nombre de gardes. Je n'ai vu aucun endroit par lequel me faufiler à l'intérieur.

Je souffle.

— Je ne vais pas l'abandonner comme ça. Je vais trouver le moyen de le contacter, tu vas voir. Et je vous prouverai qu'il ne m'a pas trahie. Qu'il ne nous a pas trahis.

Je descends du lit, qui n'est en réalité qu'un grand matelas posé sur le sol en bois du chariot. La pièce est dotée de fenêtres sur trois côtés, toutes cachées par de délicats rideaux rouges. Quelques étagères et meubles encastrés constituent le seul mobilier de la pièce. J'espère qu'il ne s'agit pas de la seule chambre de notre nouvelle maison. Je veux bien la partager avec mes hommes, mais je préférerais ne pas avoir les employés de *Miaou* ici.

À condition qu'ils veuillent rester avec moi. La Meute s'intéresse moins à eux qu'à moi. S'ils s'en vont, ils pourront sans doute mener une belle vie. Recommencer à zéro. Peut-être créer leur propre *Miaou 2.0*.

Un frisson me remonte l'échine. Ils me manqueraient, s'ils le faisaient. Il n'y a pas si longtemps, je n'aurais jamais admis combien je me sentirais seule sans eux, mais à présent, mon cœur n'est qu'une masse sanguinolente, et je me sens plus émotive que jamais. Au moins, mes chaleurs ont disparu. Se faire kidnapper et torturer semble être le remède miracle pour les chattes en chaleur. Je ne suis pas surprise que la plupart des chats préfèrent vivre ce tourbillon émotionnel que de se faire catnapper.

Sortant de la chambre, je tombe directement sur un salon doté d'une cuisine longeant la droite. Un long banc est caché sous la table et un oreiller et une couverture gisent dans un coin. Quelqu'un a, semble-t-il, dormi sur le banc la nuit dernière. Je renifle l'air. Benjamin.

Au bout de la pièce, une porte mène à une minuscule salle de bains et à une seconde chambre, qui sent Lily et Bethany.

Il n'y a cependant personne d'autre ici, seuls mes hommes et moi.

Mon ventre gargouille, ce qui me fait réaliser que je n'ai rien mangé depuis longtemps. Je retourne à la cuisine et fais chauffer du thé pendant que je fourrage dans les meubles. Toute la vaisselle ou presque est ébréchée, trahissant de nombreuses années d'utilisation.

Je prends quelques ingrédients au hasard et les mets dans une casserole. À l'heure actuelle, je me fiche de savoir si les pommes de terre, les betteraves et les oignons séchés vont ensemble. Une fois les légumes cuits, j'ajoute les deux œufs que je trouve et le premier condiment qui me tombe sous la main. Comme il n'y a pas d'étiquette sur la plupart des pots en verre, j'espère que je ne viens pas de nous empoisonner.

Ryker me rejoint et met la table en silence. Il verse deux verres d'eau et un de lait. J'espère que c'est pour moi et non pour lui.

Une fois que j'ai servi l'étrange mélange culinaire dans les assiettes à soupe dépareillées que Ryker m'a attrapées, Lennox sort de la chambre, seulement vêtu de son boxer. Les muscles de son torse m'accueillent et me rappellent que mes chaleurs ne sont pas encore terminées.

Je détourne les yeux et commence à manger. Ryker me tend le verre de lait. Bon chaton. Je le vide d'une traite avant d'enfourner ma nourriture dans ma bouche. Ryker semble aussi affamé que moi, tandis que Lennox nous observe avec un sourire amusé.

— Je vais te chercher du lait, dit-il en pouffant, avant de m'en resservir.

Bon chiot.

Nous mangeons en silence, sans animosité cependant. Je comprends pourquoi ils doutent de Gryphon. Ils ne le connaissent pas aussi bien que moi. Ils n'ont pas couché avec lui, eux… Du moins, j'espère que non. Cela mènerait à un tas de questions.

— C'est étonnamment bon, commente Ryker entre deux bouchées. Tu as mis de la cardamome ?

Je hausse les épaules.

— Je n'en ai pas la moindre idée. Si l'un de ces pots

contenait de la cardamome, alors oui, c'est possible que ce soit ça.

— Elle n'a jamais été très bonne cuisinière, déclare Lennox, en mimant un murmure en aparté. Estime-toi heureux qu'elle ne nous ait pas servi des pommes de terre crues.

Je lui grogne dessus.

— C'est arrivé une seule fois.

— Deux. Tu te souviens quand tu étais en charge du ménage de la cuisine et que tu t'es dit que ce serait amusant de trafiquer les menus de la Meute ?

— Ah, oui, je m'en souviens. C'était marrant.

Ce souvenir me fait sourire. J'ai haché la plupart des pommes de terre qu'ils comptaient servir plus tard dans la semaine. Puis j'y ai versé tellement de sel qu'elles étaient immangeables, jusqu'au moment où j'ai réalisé que j'avais faim, moi aussi. Alors, j'ai empoché quelques morceaux de pommes de terre crus pour les partager avec Lennox.

Nous faisions souvent ce genre de choses. Et moi, surtout, après son départ. Bien sûr, il y avait toujours des conséquences, mais elles en valaient la peine.

— Est-ce que Mini-Kat est en sécurité ? demandé-je une fois ma deuxième assiette de légumes terminée.

Lennox confirme.

— Je suis allé la voir tous les jours. Elle ne sait pas que tu étais prisonnière, elle pense juste que tu es partie en mission secrète. Mieux vaut t'en tenir à cette version.

— Compris. J'irai lui rendre visite dès que j'aurai libéré Gryphon.

Les garçons échangent un regard, mais ne disent rien. Bien. Je détesterais avoir à les frapper.

— Ryker, tes chats le surveillent toujours ?

Il opine.

— Demande-leur où il est et de me conduire à lui. Je me

transformerais bien, mais je pense qu'il vaudrait mieux que je garde toutes mes forces.

— C'est trop dangereux, déclare Lennox tout bas, comme s'il craignait que je l'attaque s'il disait la mauvaise chose. Tu dois te reposer et récupérer. Regarde-toi, tu n'as plus que la peau sur les os et tu es pâle comme la mort. Tu dois rester ici, beaucoup manger et flâner au soleil.

Ryker ricane.

— Tu sais à qui tu parles ?

Le loup le fusille du regard.

— Je sais, mais ça ne m'empêche pas d'espérer. Il reste peut-être un soupçon d'instinct de conservation à l'intérieur de Kat.

Il me lance un regard triste.

— Si je te le demandais, tu voudrais bien rester ici ? Me promettre de ne pas te mettre en danger ?

Bien que mon cœur me crie de lui dire oui, de céder à ses yeux suppliants, j'en suis incapable.

— Je ferais la même chose pour toi, répliqué-je d'une voix nouée.

Je déteste le voir si triste.

— Pour vous deux. Je ne vous abandonnerais pas, et je ne peux pas abandonner Gryphon non plus. Il est l'un des miens, et je protège ce qui m'appartient.

Dans d'autres circonstances, ils auraient sans doute protesté à l'idée de se faire qualifier de « miens », mais là, ils se taisent sagement.

Lennox, qui ne m'a pas quittée du regard, opine.

— Je viens avec toi.

— Non, tu ne peux pas. La Meute voudra te prendre, de même que Ryker. Nous ne pouvons pas nous livrer tous les trois.

Ryker bondit si vite que sa chaise s'écrase au sol.

— Et te livrer toi, ce n'est pas un problème ? crie-t-il, le visage colérique. Et tu t'attends à ce que nous te regardions te sacrifier sans rien faire ?

Je tends la main vers lui, apaisante, mais il la repousse.

— Tu ne peux pas y aller, Kat. Je ne te laisserai pas faire.

Il soupire, et sa voix s'adoucit un peu.

— Je refuse de te perdre. C'est toi qui m'as embarqué là-dedans, qui m'as prouvé que je n'étais pas seul. Tu as libéré mon côté humain, et maintenant, cet humain te supplie de ne pas y aller.

Je pose la main sur son torse, qui trahit ses halètements. Cette fois-ci, il me laisse faire.

— Et que dit ton chat ?

Il baisse la tête, les yeux remplis de regret.

— Que tu dois protéger ta famille, et que Gryphon fait partie de ton groupe.

— Exactement. Ne t'en fais pas, je serai en sécurité. Je vais trouver Gryphon et le faire sortir de là-bas. Nous reviendrons et nous pourrons avoir notre fin heureuse tous ensemble, d'accord ?

Tous deux me regardent et hochent la tête, tandis que je lutte contre mes larmes ; je viens de faire des promesses que je ne suis pas sûre de pouvoir tenir.

CHAPITRE 17

Je tire sur mon col, m'assurant que les aiguilles empoisonnées sont bien attachées. Bethany m'en a fourni un nouveau kit et m'a aussi remis mes poignards. Benjamin et elle sont retournés fouiller la maison où j'ai été détenue et ils ont trouvé mes armes enfermées dans une armoire. Je caresse leur poignée. C'est agréable de les retrouver. Je me sentais vide sans elles, même si je sais que je peux me transformer et avoir ainsi des griffes plus efficaces que mes lames.

Je suis Pan, une magnifique chatte rousse et l'une des plus proches amies de Ryker. Elle me conduit à l'endroit où Gryphon a été aperçu pour la dernière fois. Les chats gardent un œil sur lui en permanence dès qu'il quitte le bâtiment. C'est pratique de les avoir avec nous, même si c'est étrange que Gryphon n'ait pas cherché à entrer en contact avec eux. Il sait qu'ils espionnent pour moi, alors il aurait pu facilement leur transmettre un message. Cependant, il est resté discret, sans doute par crainte de se faire surprendre. S'ils le laissent se déplacer librement, cela signifie qu'il a réussi à les convaincre qu'il est de leur côté. Il va devoir continuer à jouer ce rôle jusqu'à ce qu'ils lui fassent pleinement confiance. Mais pourquoi fait-il ça ? Prévoit-il de rester avec eux quelque temps afin de trouver leurs plus grandes faiblesses ? Ou bien espère-t-il les attaquer de l'intérieur ?

Je suis impatiente de lui parler. Ne pas l'avoir à mes côtés me fait souffrir physiquement. Mettons ça sur le compte des hormones félines.

Pan m'emmène non loin de la tanière de la Meute, où un autre chat nous attend, sous une grande poubelle. Il s'agit de James, dont la queue extrêmement droite s'agite nerveusement de droite à gauche. C'est un chat du Bengale, petit, mais féroce, avec des taches brunes rondes sur le dos et de délicates rayures autour du cou. Une vraie beauté.

James miaule, sa façon de nous saluer. Pan se frotte contre lui, puis s'en va sans dire au revoir. Ah, les chats. Pas les êtres les plus polis qui soient.

Le bengale me conduit dans une petite rue remplie de déchets et d'objets cassés, jusqu'à un grand mur qui n'a pas l'air d'appartenir à l'un des bâtiments qui nous entourent. Oui, je suis déjà venue ici avant, mais ce mur est nouveau. Quand j'ai quitté la Meute il y a un peu plus de six mois, ce mur n'existait pas. À l'époque, je pouvais longer cette allée jusqu'à un portail caché qui menait aux dortoirs de certains membres de la Meute. Maintenant, cet accès est bloqué.

James me lance un miaulement encourageant.

— Tu veux que je grimpe là-haut ? demandé-je.

Il hoche la tête et lève les yeux au ciel face à ma stupidité. Avant que je ne puisse poser davantage de questions, il file, me laissant seule. Très bien, dans ce cas… Mes hommes m'ont prévenue de ce moment. Je peux encore faire demi-tour. Il y a sans doute d'autres moyens de faire sortir Gryphon. Je pourrais même attendre la nuit afin de me cacher dans les ombres.

Mais non. J'ai besoin de lui maintenant. Je n'ai pas la patience d'attendre. Traitez-moi d'imprudente. Ou d'idiote.

Je prends une grande inspiration, vérifie mes armes une

dernière fois, y compris celles cachées sous mes vêtements, et grimpe au mur. Mes sens m'informent que personne ne m'attend de l'autre côté, ce qui est bon signe. Même si ça aurait été sympa que Gryphon vienne justement par ici, prêt à être ramené à la maison. Pourquoi la vie n'est-elle jamais si simple ?

La ruelle se poursuit au-delà de ce mur, semblable à celle de l'autre côté, les ordures en moins. Veillant à ne faire aucun bruit, je me laisse glisser jusqu'au sol et progresse, collée au mur de droite, cachée dans l'ombre. Bien que nous soyons au milieu de l'après-midi, le soleil a déjà commencé à baigner le monde de nuances d'orange et de rouge. Une magnifique luminosité. Le coucher de soleil sera splendide. J'espère que je serai encore en vie pour l'admirer.

Mon pessimisme me fait grimacer et je préfère le repousser de mon esprit. Il faut que je me concentre, que je me mette dans l'état d'esprit de l'assassin, celui qui empêche mon cœur de ressentir et mon cerveau de penser. Celui où je suis froide, détachée, sans pitié. Voilà celle que je dois devenir aujourd'hui.

Pour sauver les autres, il faut parfois taire son humanité. Ou bien pour se faire de l'argent, mais c'est moins joli dit comme ça.

Le portail qui menait autrefois à la tanière est maintenant définitivement fermé et bloqué par des pierres de l'autre côté. Je suis un peu surprise que les chats m'aient conduite ici. C'est le seul accès que je connais par cette allée. Je connais d'autres entrées possibles, pourtant, James m'a spécifiquement conduite ici.

Il n'y a rien au bout de la rue, juste l'arrière d'une maison dépourvu de portes ou de fenêtres. Est-ce que c'est une farce ? Est-ce que Ryker a demandé à ses chats de m'induire en erreur afin de me distraire de je ne sais quoi ?

Si je trouve ce chat surdimensionné, il va m'entendre…

Un étrange grattement sur ma droite me fait vivement pivoter, les dagues brandies. Il provient d'un mur en briques quelconque qui fait partie des maisons miteuses de cette zone.

Je me fige, observant. Le grattement continue quand, tout à coup, l'une des briques bouge. Elle oscille un peu, puis tourne, révélant un trou dans le mur. D'autres briques se déplacent, jusqu'à laisser un espace assez grand pour faire entrer ou sortir un chat. Étrange. J'ignorais que cette ouverture existait ; or, j'ai vécu ici toute ma vie. Enfin, avant que ma vie commence vraiment, je veux dire.

J'attends de voir si quelqu'un apparaît ou dit quelque chose, mais rien ne se produit. Renifler m'apporte une myriade d'odeurs, difficiles à identifier. De nombreuses personnes sont passées par ici, aussi bien métamorphes qu'humaines, toutefois, personne ne m'attend. Comme c'est étrange. Ce trou doit être soumis à un mécanisme étrange.

Comme il n'est cependant pas assez grand pour que j'entre dans la maison par là, j'effleure les briques au hasard, à la recherche de la technologie cachée qui les a décalées. Quand j'effleure la toute première, elle se met à trembler et le processus reprend. Elle avait dû se coincer. D'autres briques bougent jusqu'à ce que le trou soit assez large pour un humain de petite taille. Mes hommes auraient été trop imposants, mais par chance, je le suis moins qu'eux. Sous forme de panthère, je serais restée coincée, mais en tant qu'humaine, je parviens à me faufiler sans trop m'érafler. Dès que je suis à l'intérieur de la pièce plongée dans l'obscurité, le mécanisme recommence, plus vite cette fois-ci, jusqu'à ce que le mur reprenne son aspect d'origine. Personne ne peut le soupçonner d'être autre chose qu'un mur banal. Je suis impressionnée. Je veux le même chez moi.

Me voilà à nouveau dans une pièce sans fenêtre, mais cette fois-ci, il y a une porte. Si le sol est couvert de poussière, le chemin séparant le passage secret et la porte est souvent emprunté. Je me demande si cette entrée a toujours existé ou si elle n'a été installée qu'après la construction du mur. Peu importe, à vrai dire. Je l'ai trouvée, et maintenant, je suis à l'intérieur.

La pièce suivante est remplie de vêtements abandonnés. Le sol en est littéralement recouvert. Ça doit être une sorte de vestiaire. Ils n'ont jamais entendu parler de placards ? Et moi qui me pensais bordélique. Là, on atteint un tout autre niveau.

Avec tous ces vêtements dégageant une myriade d'odeurs, je n'arrive pas à me concentrer sur ce que mes sens essaient de me dire. Est-ce que Gryphon est passé par là ? Je n'arrive pas à le déterminer. C'est possible, mais il est tout aussi possible que non. Bien que je connaisse son odeur, c'est comme chercher un poil de chat dans une botte de foin, là.

Cette fois-ci, il y a une fenêtre. Je jette un coup d'œil à travers, la tête basse. Le verre est sale et de nombreuses araignées, et leurs toiles, ont élu domicile dans les coins. Malgré tout, je reconnais l'endroit où je me trouve. La cour en bas est l'endroit où nous faisions nos premières sessions d'entraînement. Elles consistaient surtout à nous tabasser, puisque nos entraîneurs nous montraient les endroits qui faisaient le plus mal, histoire que nous soyons des experts au moment où nous aurions à infliger de la douleur aux autres. Ce n'était qu'une excuse. Je pense qu'ils aimaient surtout nous frapper.

Cette partie du camp est réservée aux plus jeunes membres de la Meute ou bien à ceux qui viennent d'arriver. Je me souviens que la zone était lourdement gardée, mais étrangement, aujourd'hui, il n'y a pas une seule personne à l'extérieur, et avec tous les vêtements pleins de sueur qui m'entourent, je ne peux pas compter sur mon odorat pour détecter des menaces. Je n'ai que mes yeux et ma vue. Je n'aime pas ça. Le nez d'un chat est l'une de ses plus grandes armes, et actuellement, je suis aveugle du nez.

Je reste ici quelques minutes, accroupie sous le rebord de la fenêtre, à guetter le moindre signe de vie à l'extérieur. Il n'y a personne en vue. Ont-ils abandonné cette partie de la tanière ?

Ont-ils eu peur après que j'ai fait brûler leur centre de recherche et décidé de tuer tous les résidents de ces deux maisons la nuit dernière ?

Je suis assez déçue. Moi qui étais venue là pour tuer. À la place, je me retrouve recouverte de poussière et d'odeurs nauséabondes.

Une fois sûre que personne ne se cache à l'extérieur, je descends l'échelle située à l'autre bout de la salle et inspecte la pièce en dessous. Celle-ci possède une porte, hourra !

Ici aussi, des vêtements abandonnés, des objets et même quelques armes gisent au sol. Quand je faisais partie de la Meute, ils nous obligeaient à maintenir nos affaires dans un état impeccable et à ranger nos casiers avec minutie. Laisser des habits traîner par terre comme ça nous aurait valu au moins deux semaines d'isolement, voire pire. Que se passe-t-il ? S'il y avait eu un changement de direction au sein de la Meute, j'en aurais entendu parler. J'ai eu beau me tenir à l'écart, ce n'est pas le cas de la plupart des criminels du milieu. Mes contacts me l'auraient dit.

La porte est le seul moyen de sortir de ce bâtiment, à moins que je ne veuille remonter à l'étage et sauter par la fenêtre. Bien que j'adore courir sur les toits, je connais assez bien ces installations pour savoir qu'il vaut mieux que je reste au sol. Il y a des yeux partout, et il est bien plus facile de se cacher à l'intérieur des édifices que sur leur toit.

Me préparant mentalement à me battre, j'ouvre la porte et cours vers le bâtiment d'en face. Personne ne se précipite à ma suite. Je ne perçois aucune odeur inquiétante. Rien. C'est comme si tout le monde avait simplement déserté les lieux.

Je m'enfonce davantage sur le territoire de la Meute. Par expérience, je prends tous les raccourcis discrets dont je me souviens, restant le plus possible dans l'ombre. L'absence de personnes commence à me rendre nerveuse. Je déteste ne pas savoir ce qu'il se passe.

Lorsque j'atteins mon ancien dortoir, même le son de mes propres pas me fait sursauter. Venir ici était une énorme erreur.

Au moins, je vois dans cette pièce que des gens vivent toujours ici. Il y a des affaires d'enfants sur les lits, surtout des jouets fabriqués avec des bouts de tissu et des bâtons. Lennox m'a fabriqué une poupée, un jour, que j'ai assassinée sur-le-champ. À ma décharge, je ne savais rien faire d'autre. Et pour être honnête, je referais la même chose aujourd'hui. Mais maintenant, il doit savoir que je ne suis pas du genre à aimer les poupées. Sauf si elles saignent, hurlent et font semblant de mourir.

La cuisine non loin du dortoir sent la nourriture, et il y a même encore quelque chose qui cuit dans une casserole. Comme s'ils étaient tous partis en une seconde. À cause de moi ?

Je me doutais qu'ils me tendraient un piège, toutefois, cela me paraît un poil excessif.

L'odeur qui flotte dans l'air me donne faim, me rappelant que j'ai très peu mangé ces derniers jours. Je vais devoir me rattraper, mais pas tout de suite. Une fois que Gryphon sera en sécurité, nous pourrons tous nous rendre à ce rencard et manger une tonne de nourriture dans un restaurant chic. Je n'ai pas demandé aux autres s'ils avaient réussi à sauver un peu d'argent quand la maison a explosé. Il y en a aussi à la banque, sous un faux nom ; cependant, il y en avait une certaine quantité cachée dans mon bureau. L'argent et les biens matériels m'importent peu. Toutefois, pour nous construire une nouvelle vie et trouver une nouvelle maison, nous en aurons besoin.

Tout à coup, un cri résonne dans le bâtiment. Je brandis mes armes, prête à bondir, avant de réaliser que le bruit vient des haut-parleurs installés dans chaque pièce du camp. Un autre cri, que hélas je reconnais.

Gryphon.

Une seule chose pouvait les pousser à diffuser sa douleur via les haut-parleurs : moi. Putain. C'est bien ce que je pensais. Ils ont forcé tout le monde à partir, afin que je pénètre jusqu'au milieu de la tanière, puis ils vont me bloquer la sortie et m'encercler. C'est ce que j'aurais fait aussi. Mais ma peur pour Gryphon m'a rendue présomptueuse. Voilà pourquoi les assassins ne devraient jamais s'attacher. L'amour rend stupide et prévisible.

Non pas que je l'aime.

Évidemment que non.

— Où êtes-vous ? crié-je, entrant en pleine lumière. Où est Gryphon ?

Le hurlement s'interrompt brusquement, suivi d'une voix très familière.

— Rejoins le point de rassemblement dans la cour.

C'est la voix d'un Ancien : Grimsay, l'un des membres les plus craints de la Meute. Je ne l'ai vu que deux fois, mais tout le monde connaît sa voix. Il aime faire des discours, en particulier avant et après les punitions publiques. Je l'ai entendu dire presque chaque jour de mon enfance que les métamorphes sont des abominations qui doivent être entraînées par la Meute. Au tout début, je l'ai cru. Voilà ce qu'ils font : ils détruisent votre confiance en vous, vous font croire que vous êtes un être inférieur et que la seule façon de gérer votre côté animal est d'être contrôlé par la Meute.

Évidemment, j'ai très vite cessé de le croire quand j'ai vu ce qu'ils nous faisaient. D'autres métamorphes n'ont pas eu autant de chance. Ils n'ont cessé d'écouter les discours de Grimsay, convaincus qu'ils n'étaient que des monstres dégoûtants comme il l'affirmait. Ces membres-là sont dangereux, dupés et souvent stupides. Et je vais bientôt me retrouver cernée par eux.

C'était une très mauvaise idée, mais il est trop tard pour faire demi-tour. Soit je sors d'ici avec Gryphon, soit je me fais attraper par les personnes que je déteste et crains le plus au monde. Je préfère la première option.

Bien que consciente que mes armes ne pourront pas grand-chose face à toute la Meute rassemblée, je les agrippe quand même, prête à me battre. Après une dernière grande inspiration, je sors, rejoignant le point de rassemblement.

Parmi les odeurs de métamorphes et d'humains, l'une ressort. Gryphon. Il n'est pas loin. J'avance, le dos contre un mur afin que personne ne puisse me surprendre par-derrière.

Et le voilà. Gryphon. Il sort du bâtiment en face, vêtu d'un costume bien coupé et ne ressemblant pas du tout à un homme venant de se faire torturer. Quand il me sourit, je ne retrouve pas la lueur chaleureuse qui se trouve habituellement dans ses yeux.

Il s'avance vers moi lentement, sans me quitter du regard, comme s'il cherchait à me maintenir immobile par la seule force de ses prunelles. Sa façon de se mouvoir… C'est celle d'un prédateur prêt à bondir sur sa proie. Des picotements sur ma nuque m'indiquent que l'on nous observe de partout. Ils veulent savoir ce que Gryphon compte faire, tout comme moi.

Mon ventre se noue face à la froideur de son expression. Ce n'est pas mon Gryphon, l'homme qui me fait rire, qui m'a caressée de sa musique, qui a combattu à mes côtés. Ce n'est même pas son siren. C'est quelque chose de nouveau.

S'il vous plaît, faites que ce ne soit qu'un jeu. S'il vous plaît, faites que ce ne soit qu'un masque qu'il laissera tomber dès que nous fuirons ensemble.

— Kat, dit-il d'une voix étrangement dépourvue d'émotions. Merci d'être venue.

— Je ne pouvais pas faire autrement. Allez, viens et partons avant qu'ils ne nous attrapent.

Il me sourit, la mine encore plus sombre.

— Je ne vais pas partir avec toi. Je suis chez moi, ici.

Et avec ces mots, il me brise le cœur. Je l'entends presque exploser en mille morceaux.

Je fixe Gryphon, toujours accrochée au vain espoir que tout ceci ne soit qu'une comédie, une plaisanterie.

Il s'approche encore, si près que je pourrais le toucher. Je m'abstiens. Quelque chose cloche. J'ai beau vouloir l'enlacer, cet homme n'est pas mon Gryphon.

Pendant un instant, je vois quelque chose vaciller dans ses lumineux yeux verts, à l'opposé de cette froideur glaciale dont il m'a gratifiée jusque-là. Quand il réduit la distance nous séparant, je m'attends à tout. À tout, sauf à ce qu'il referme un collier autour de mon cou.

CHAPITRE 18

$\mathcal{A}$lors que je m'attends à une vive douleur, je n'éprouve qu'un froid étrange qui se répand dans mes os. Mon esprit s'embrume, cependant, j'arrive encore à me concentrer sur notre environnement.

— Le collier que le Dr Fitzroy t'a mis dans le labo était un prototype, m'explique Gryphon, comme s'il avait lu dans mes pensées. Un que l'on peut vaguement contrôler. Celui-ci est un modèle plus ancien, mais plus fiable et moins douloureux.

Je le fusille du regard.

— Tu n'espères pas que je vais t'être reconnaissante de m'avoir mis celui-là, si ?

Il hausse les épaules.

— Ce serait un bon début. Plus tu coopères, moins ce sera douloureux pour toi.

J'enjambe les morceaux de mon cœur brisé et frappe Gryphon avec force. Surpris, il se tient la joue, puis rit.

— Je l'ai mérité, j'imagine.

Ça doit être un clone. Cela ne peut pas être mon Gryphon. Ont-ils remplacé son cerveau ? Ou bien est-il sous l'emprise d'une drogue quelconque ? Mon Gryphon ne me laisserait jamais le frapper. Et ne m'adresserait pas non plus ce sourire arrogant et ce regard froid.

Je frotte le collier, encore surprise qu'il ne m'enlève pas ma capacité à réfléchir. Une douleur sourde commence à poindre à l'arrière de ma tête, mais pas encore trop distrayante.

— Viens avec moi, ordonne-t-il.

Je lui grogne dessus, mais il se contente de sourire. Connard. Je réalise que j'ai toujours mes couteaux à la main et que je pourrais le poignarder sans peine, mais ça reste Gryphon. À l'intérieur de cette coquille se trouve le Gryphon qui m'a déboussolée, celui qui m'a tenue dans ses bras, qui m'a écoutée parler de tout et de rien, et sans doute de choses perturbantes. Je ne peux pas le tuer. Bien que mon esprit d'assassin en meure d'envie, mon cœur refuse d'envisager cette possibilité. Même si cela signifie que je dois devenir leur prisonnière. Ou pire. Je ne veux pas faire de mal à Gryphon.

Au moment où il réalise la décision que j'ai prise, une lueur s'allume dans son regard. Du triomphe. Je baisse les bras et rengaine mes couteaux. Je suis surprise qu'il ne m'ait pas encore désarmée. À sa place, c'est la première chose que j'aurais faite.

— Suis-moi.

C'est un ordre, mais il n'y insuffle pas de force supplémentaire. À part au moment de me mettre le collier, il n'a pas posé la main sur moi. Peut-être a-t-il pour consigne de ne pas le faire ou bien peut-être reste-t-il une once de bonté en lui.

— Où ?

— Les Anciens veulent te voir.

Il commence à marcher et je le suis, même si je connais le chemin et que je pourrais sans peine passer devant. Je ne me suis rendue qu'une seule fois dans l'Aile des Anciens, quand j'ai fini mon apprentissage et obtenu le grade d'assassin. Seuls les dirigeants de la Meute et leurs plus proches associés ont le droit de pénétrer ici.

Je jette un dernier regard plein de regret au ciel teinté de rouge puis entre dans le bâtiment, en laissant ma liberté derrière moi.

Nous passons devant des gardes qui me fixent comme si j'étais la pire menace qu'ils aient eu à affronter. J'en reconnais certains, mais aucun ne fait comme s'il me connaissait. Cela dit, je n'ai pas eu d'amis après que Lennox a quitté la Meute. Mon cœur avait été brisé une fois, je voulais être sûre que ça ne recommencerait jamais. Malgré tout, j'adresse un grand sourire forcé aux gardes que je connais et un signe de la tête. L'un d'eux, Gerrard, a la décence de détourner le regard. Les autres cependant ignorent mon geste et continuent à me dévisager comme si j'allais entrer dans une rage meurtrière. Ce qui n'est pas loin de la vérité. Sans Gryphon et son comportement étrange, sans ce collier, je réduirais tout ce petit monde en morceaux. Je ne sais pas encore si je devrais tous les tuer ou en laisser quelques-uns en vie, à savoir les membres malgré eux, ceux qui ne suivent pas les ordres avec ferveur.

Si les gardes à l'entrée et dans les couloirs portent tous des colliers, ceux qui se tiennent devant les grandes portes menant à l'Aile des Anciens ne sont pas obligés d'en avoir un. Ils sont là de leur plein gré, le cerveau tellement lavé que personne ne s'attend à ce qu'ils puissent changer de camp un jour. Je ne les comprends pas. Comment peut-on choisir la captivité ? Je préfère être pauvre et persécutée que de vivre dans la prison de mon choix.

Gryphon avance sans un regard en arrière, persuadé que je vais le suivre. Je n'ai pas franchement le choix, à moins de vouloir mourir prématurément. Vu comme les gardes me regardent et agrippent leurs armes, je n'ai aucun doute sur les ordres qu'ils ont reçus. Si je fuis, je dois mourir.

Non, merci.

L'un des gardes sans collier frappe à la porte, puis recule et redresse les épaules. Bien qu'il ait la tête droite, ses yeux suivent chacun de mes mouvements. Je crois que c'est la première fois que je le vois. Ce qui montre tout ce qui a changé depuis mon départ et tout ce que j'ignorais sur la Meute pendant que je vivais encore là.

— Essaie de ne pas les insulter, dit Gryphon tout bas alors que les portes s'écartent.

Cela me donne l'envie de faire tout le contraire, mais je me mords la langue et le suis à l'intérieur, jusqu'à la table où nous attendent les Anciens.

Ils sont neuf au total, mais seulement sept sont présents. Grimsay est assis au centre et m'observe, sous ses sourcils broussailleux. À sa gauche se trouvent deux femmes, que je ne connais pas, et un jeune homme qui me paraît familier, mais dont j'ai oublié le nom. À la droite de Grimsay se tient George Kenny, l'Ancien responsable des missions d'assassinats que je connais très bien pour sa part, et les Jumeaux Terrifiants. Frère et sœur, ils ont l'air parfaitement innocents dans leurs vêtements élégants et leurs expressions hautaines. Ils portent pourtant très bien leur nom. Comme ils sont responsables de la discipline et des punitions, j'ai passé pas mal de temps avec eux. J'espérais ne jamais les revoir. Ils apparaissent encore parfois dans mes cauchemars, mais les voir en chair et en os me procure un frisson désagréable. Je pensais avoir vaincu ma peur d'eux. Je ne crains que peu de choses dans ma vie, mais ces deux-là sont en haut de la liste.

— Je vous l'ai apportée, comme demandé, déclare Gryphon d'une voix charmante, en s'inclinant devant les Anciens.

Dégoûtant. S'ils s'attendent à ce que je fasse pareil, ils vont devoir me casser les genoux d'abord. Vu le regard que m'adresse Grimsay, que je fusille des yeux, il envisage cette possibilité.

L'Ancien Kenny sourit à Gryphon.

— Beau travail. Si nous avions des doutes sur votre loyauté, vous venez de prouver de quel côté vous êtes. J'écrirai à votre père.

Gryphon penche la tête.

— J'apprécie, merci. J'ai toujours voulu le rendre fier.

Est-ce que j'ai le droit de vomir ? C'est écœurant. Mon Gryphon ne se comporterait jamais de la sorte.

S'ils connaissent son père, cela signifie qu'une partie de ce qu'il m'a raconté est vraie. Ce sont des sirens, tous ou quelques-uns. Difficile à dire, mais maintenant que je sais quoi chercher, je les trouve un peu trop lisses pour être humains, surtout les deux personnes à la gauche de Grimsay.

Ce dernier me rend mon regard mauvais, et la haine qui brille dans le sien est presque insupportable.

— Tu as causé bien du grabuge. Beaucoup plus que ce que tes créateurs pensaient. Et crois-moi, si Boris et le professeur Lakefiled ne m'avaient pas assuré que tout était sous contrôle et important pour les résultats de l'expérience, je t'aurais éliminée depuis très longtemps.

Boris, ce doit être le blond que j'ai tué dans la maison bleue. Bon débarras.

— Quand le professeur est mort, j'ai failli mettre un terme à ton existence, poursuit l'Ancien Grimsay, mais encore une fois, les scientifiques m'ont dit qu'il était vital que tu restes en vie. Du moins, jusqu'à ce que tu apprennes la vérité et détruises l'un de nos labos. C'est la fin du voyage, K1.

Je vais le tuer juste pour ça. J'ai un nom. Je ne suis pas un numéro.

Même si le collier atténue mes sens, j'entends le cœur de Gryphon qui s'accélère. Cela signifie-t-il qu'il se soucie de ce qui m'arrive ? Ou bien est-il excité à l'idée d'assister à mon exécution ?

L'homme tout à gauche me sourit, mais sans la moindre chaleur. Je le reconnais enfin. Il était sur l'une des photos que m'a montrées Boris quand j'étais enchaînée à cette chaise. Ses cheveux bruns coiffés en arrière avec soin, ses lunettes épaisses remontées sur son nez. Sur la photo, il portait une blouse de laboratoire, alors il doit être un scientifique. Sa présence parmi les Anciens est étonnante, étant donné son âge. Peut-être que c'est un génie.

— Quel dommage que je n'aie jamais pu effectuer tous les tests prévus.

Ce n'est pas ma mort imminente qu'il regrette sincèrement, c'est le fait que je ne serai plus disponible pour ses expériences.

— Le professeur Lakefield ne les approuvait pas toutes, mais maintenant que nous nous en sommes débarrassés, j'espérais avoir enfin l'opportunité que je cherchais.

— Attendez un peu. Vous vous en êtes débarrassés ? m'écrié-je, incapable de m'en empêcher.

Un sourire en coin étire les lèvres de Grimsay.

— Notre scientifique en chef commençait à s'attacher à ses sujets. Il devenait gênant. Nous ne savions plus si ses expériences étaient destinées à servir nos objectifs ou bien s'il cherchait juste à satisfaire sa propre curiosité et une étrange moralité.

Ils ont tué l'un des leurs. Bien que cela ne me surprenne pas vraiment, je pensais, d'après ce que j'avais appris sur le professeur Lakefield, qu'il était trop important pour qu'ils s'en débarrassent. Après tout, c'est lui qui a démarré tout le projet de clonage avec le Dr Fitzroy.

Au moins, maintenant, je sais que l'Homme Mystère, alias Lakefield, est vraiment mort. Qui sait, peut-être m'a-t-il légué cette maison à l'insu de la Meute. Ou peut-être que sa fille n'existe pas, qu'elle n'est qu'un leurre employé par la Meute pour me tromper.

Grimsay parcourt les autres du regard.

— Qui veut s'en charger ?

Les jumeaux sourient et répondent en chœur :

— Moi.

Je ravale un grognement. Ils dégagent une odeur de cruauté. Ils ne vont pas faire ça vite ni sans douleur. Ils comptent me faire souffrir et faire durer ma mort le plus longtemps possible.

Je vous attends. Hors de question de les laisser me tuer sans me battre.

L'Ancien Grimsay fixe les jumeaux quelques instants, les sourcils froncés, comme s'il se demandait si c'est une bonne idée. Puis il opine et se tourne vers Gryphon.

— Vous pouvez partir à présent. Vous auriez vraiment dû lui retirer ses armes. Est-ce que le collier est sûr ? Nous ne voulons pas une répétition des événements d'hier.

Il qualifie « d'événements » le fait que j'aie tué une dizaine de personnes. Cela prouve combien il est dangereux et la valeur de la vie aux yeux de la Meute. J'ai tué leurs membres, et pourtant, ils ne semblent pas plus concernés que cela.

Gryphon se place derrière moi et pose les mains sur mon collier. Je me fige, haïssant son contact. Traître. Je suis tentée de sortir un couteau pour l'éventrer. Cependant, même si je sais ma mort imminente, mon faible cœur imbécile me trahit et me fige sur place. Je ne peux pas tuer Gryphon.

Je réalise le changement avant d'entendre le déclic du collier s'ouvrant. Le pouvoir envahit mon corps et éclaircit mon esprit, aussi vif qu'avant.

Le collier tombe sur le sol de pierre, et le bruit résonne dans le silence stupéfait.

— Transforme-toi, souffle Gryphon, avant de sortir mes couteaux de leurs étuis.

Puis il court vers les Anciens.

CHAPITRE 19

Ma surprise est telle que je marque un instant d'hésitation, mais quand je vois Gryphon enfoncer l'une de mes lames dans le cœur du jeune scientifique, mon entraînement prend le dessus. Je me métamorphose en un geste fluide et bondis avant même d'être totalement transformée. Mes griffes sont sorties, acérées et mortelles.

Je n'ai qu'une seule pensée à l'esprit : toutes ces proies à tuer.

Les Anciens se lèvent et encerclent Gryphon, mais comme il l'a toujours dit, les sirens ne sont pas entraînés au combat. L'une des femmes agite une épée au hasard, l'air de ne pas savoir s'en servir. Gryphon lui tranche la gorge d'un seul coup de dague, plus rapide qu'elle. Deux en moins, encore cinq, et c'est avant que je me joigne à la mêlée.

Je me concentre sur les jumeaux, qui savent se battre. Ils aimaient lutter sur le terrain d'entraînement, et même si ce ne sont pas les meilleurs assassins de la Meute, ils vont me donner du fil à retordre. Je rugis et me tourne vers eux, sans plus me soucier de Gryphon. Cela lui laisse encore les trois autres, mais ni l'Ancien Grimsay ni la femme ne sont très compétents avec leurs armes. George Kenny compense leur manque de talent, cependant. Il a entraîné des générations d'assassins et possède plus d'un tour dans son sac. Je dois m'occuper rapidement des jumeaux pour pouvoir aider Gryphon.

La jumelle parvient à bloquer la plupart de mes attaques avec son bouclier – elle est la seule personne de ma connaissance à se battre avec une épée et un bouclier, comme les chevaliers –, mais je la percute si fort qu'elle trébuche en arrière, et je balaie ses jambes d'un coup de patte avant qu'elle ne puisse retrouver l'équilibre. Son frère agite son coutelas dans ma direction, mais je parviens à lui échapper sans peine, ayant anticipé son geste dès le début. Je les ai regardés se battre pendant des années, ce qu'ils semblent avoir oublié. Je sais comment ils agissent en deux contre un. Si l'un d'eux est en position de faiblesse, l'autre va distraire l'opposant et l'occuper le temps que les jumeaux puissent l'attaquer ensemble.

Au lieu de m'engager dans un combat avec lui, je continue à m'en prendre à sa sœur, debout sur mes pattes arrière quelques instants, avant de la pousser au torse, la faisant tomber au sol. Anticipant l'attaque du frère, je roule sur la gauche et, comme je l'espérais, son coutelas tranche la jambe de la femme, à l'endroit même où je me tenais l'instant d'avant. Bingo.

Elle pousse un cri de douleur et d'incrédulité contre son frère. Il se fige, sous le choc, m'offrant l'opportunité parfaite pour lui sauter dessus, le renverser et refermer ma gueule autour de son cou. Je lui arrache la gorge sous les hurlements de sa sœur, secouant le corps du frère comme une poupée de chiffon. La jumelle tente de se lever, cependant, sa jambe blessée la rend lente et je bondis sur elle avant qu'elle ne puisse se défendre.

J'aurais aimé faire durer le plaisir, toutefois, je sais que Gryphon est encore en train de se battre. J'écoute les battements de cœur. Il lui reste deux opposants.

Les portes s'ouvrent brusquement, me rappelant que les

gardes vont faire irruption d'un instant à l'autre. Des gardes bien plus entraînés que les Anciens. Nous devons faire vite.

Grognant bruyamment, je plante mes crocs aiguisés dans la jugulaire de la femme en rivant mon regard au sien, afin que je sois la dernière chose qu'elle voie de son vivant, après toutes les douleurs qu'elle m'a infligées.

Je me détourne d'elle avant que la dernière étincelle de vie ne soit éteinte et fonce vers Gryphon. Je n'ai pas le temps de savourer la mort de la jumelle. J'en rêverai peut-être cette nuit, dans une version différente où je pourrai lui faire payer pendant des heures ce qu'elle m'a fait subir. Sa mort à l'instant était bien trop rapide et pas du tout satisfaisante.

Gryphon est en position de défense, attaqué par l'Ancien Kenny et l'Ancien Grimsay en même temps. Si Grimsay n'est pas le meilleur des épéistes, il reste assez doué pour distraire Gryphon de l'agresseur le plus important.

Je rugis le plus fort possible, et tous deux se tournent vers moi d'instinct. Cela permet à Gryphon de reprendre la main ; il enchaîne les coups contre Kenny, si rapidement que la scène s'embrouille. Grimsay décide de se concentrer sur moi, et je lui montre les dents, ravie. Je vais bien m'amuser à le tuer. Il le mérite depuis des années.

Même si j'aimerais bien jouer avec ma nourriture, les gardes nous ont rejoints. Des archers prennent position près de la porte, mais pour l'instant, nous bougeons trop vite pour qu'ils courent le risque de tirer. S'ils blessaient un Ancien, ils se retrouveraient plongés dans de l'eau bouillante. Et ça, ce serait la punition clémente.

Je puise dans ma nouvelle force, dans ce réservoir secret que je viens juste de découvrir, et bouge plus vite qu'il n'est physiquement possible. Je mords le bras tenant l'arme, faisant tomber celle-ci, tout en éventrant l'Ancien d'un coup de patte. Les bruits mouillés de ses entrailles sortant de son corps me font sourire. Puis je lui arrache les doigts.

Il rugit de douleur, tombe à genoux et essaie d'empêcher ses tripes de se répandre sur le sol. Je crois qu'il n'a pas encore remarqué qu'il lui manque des doigts. De toute façon, il est cuit. Je l'abandonne, certaine qu'il va mourir bientôt et qu'il n'est plus en état de me battre.

Gryphon est engagé dans un duel de lames avec George Kenny, à un rythme effréné. C'est beau à voir, honnêtement, et comme ce serait injuste de priver Gryphon de ça, je me concentre sur les gardes. Je pousse un puissant rugissement et leur saute dessus toutes griffes dehors, arrachant, coupant, mordant. C'est un carnage. Certains parviennent à m'égratigner, mais je suis trop rapide pour qu'ils puissent me toucher vraiment. Je les tue plus vite qu'ils ne parviennent à entrer dans la pièce. Très vite, je suis cernée de corps. Leur sang imbibe ma fourrure, ma langue, et même mes moustaches. Il faudra que je me lave tout à l'heure, mais pour l'instant, je savoure ce goût délicieux. J'ai presque envie de les grignoter un peu. J'ai l'impression d'être au milieu d'un buffet à volonté, que je peux alimenter en coupant quelques gorges. La viande est toujours meilleure quand elle s'est un peu vidée de son sang.

— Kat !

La voix de Gryphon me sort lentement de ma folie. Je cligne des yeux et analyse la scène. L'Ancien Kenny est au sol, gravement blessé, le cœur battant toujours, mais sur le point de s'arrêter à jamais. Gryphon a l'air d'aller bien, à part quelques blessures mineures, comme les miennes. Je sens déjà ces dernières guérir. Ça picote toujours à ce moment-là, c'est agaçant.

D'autres gardes s'approchent de loin, mais pour l'instant, nous avons tué toutes les personnes présentes à l'intérieur de la pièce. Pour un siren et un chat, nous nous en sommes bien sortis.

— Qu'est-ce qu'on fait maintenant ? demande Gryphon alors que je m'approche lentement de lui. Je n'ai jamais réfléchi au-delà de ça. J'avais même du mal à croire que j'arriverais à ce stade, alors ça me semblait inutile de faire d'autres projets. On fait flamber cet endroit ? On tue autant de personnes que possible ? On retire les colliers de tout le monde ? On s'en va et on les laisse se débrouiller seuls ?

J'adore cette petite fossette qui apparaît quand il est plongé dans ses pensées. Mais non, je ne dois pas songer à combien il est mignon. Il m'a trahie, m'a dupée, même s'il s'avère que non, en réalité. Pas vraiment. C'est difficile à dire.

Comme je ne peux pas parler, je lui montre les dents et lui jette un regard furieux. Pour souligner mon agacement, je lui balance un bras – pas le mien, juste l'un de ceux qui traînent à mes pieds. Certains membres ont perdu leur propriétaire pendant la bataille. Ou l'inverse. Peu importe, tout le monde s'en fout. Ces gens se battaient dans le mauvais camp et sont morts à cause de ça.

Oui, la plupart d'entre eux portaient des colliers, mais ils auraient pu résister. Rares sont les personnes capables de résister plus d'une minute aux ordres du collier, toutefois, cette seule minute m'aurait suffi à les épargner. Sauf qu'aucun d'eux n'a montré la moindre hésitation. Je l'aurais sentie. Non, ils étaient tous prêts à se battre pour la Meute et contre moi.

Même si j'ai très envie de raser le camp, je sais qu'il y a à l'intérieur de cette enceinte des gens qui ne suivent pas aveuglément les ordres. Ils font sûrement partie des gardes sur le point d'entrer dans cette pièce. Ils ont réussi à résister au collier un moment, mais plus pour longtemps. Il reste aussi le problème des enfants et des adolescents. Je ne peux pas les tuer, peu importe le lavage de cerveau qu'ils ont subi. Mais que faire d'eux ? Nous ne pouvons pas leur enlever simplement leur collier. Ils se transformeraient et tout finirait sans doute en bain de sang. Lennox m'a dit que quand il a retiré son collier, il a perdu l'esprit pendant un long moment. Quant à moi, si j'ai réussi à rester rationnelle, c'est seulement parce que l'Homme Mystère était là pour me guider.

Je frémis à ce souvenir. Évidemment qu'il savait comment fonctionnaient les colliers, puisqu'il travaillait avec la femme qui les a développés. J'ai été tellement bête de lui faire confiance.

— Qu'est-ce qu'on fait ? demande Gryphon, me ramenant à l'instant présent.

Cela dit, je ne peux pas lui répondre.

— Et oui, je suis désolé, mais parlons-en quand nous serons sortis d'ici.

Je lui grogne à nouveau dessus et il lève les mains en signe de reddition.

— Je ne pensais pas ce que j'ai dit, d'accord ? Je n'ai jamais eu l'intention de te faire du mal, je ne t'ai jamais trahie non plus. Tout ce que je voulais, c'était m'approcher assez près des Anciens avec toi pour nous en débarrasser. Je te ferai toutes mes excuses plus tard, promis. Pour l'instant, nous devons agir. Je parie que toutes les personnes importantes qui n'étaient pas dans cette pièce sont soit en train de prendre la fuite, soit en route pour nous éliminer. Même si je me suis amusé, je ne suis pas d'humeur à affronter tous les assassins de la Meute. Nous n'y survivrions pas.

Aussi douloureux que ce soit, je suis d'accord avec lui. Pour l'instant, les véritables assassins sont restés en retrait et ont laissé les gardes faire tout le travail. Ayant été l'une d'eux, je sais que la plupart sont des métamorphes forcés de devenir ce qu'ils sont aujourd'hui. Je ne veux pas tous les tuer, et en même temps, nous ne sommes pas en mesure de gérer leur problème tout de suite. Si nous étions plus nombreux, des dizaines, nous pourrions d'abord tuer tous les méchants, et ensuite retirer tous les colliers un par un, tout en restant avec les métamorphes pour nous assurer qu'ils ne deviennent pas sauvages. Voilà le plan idéal. Malheureusement, Gryphon et moi sommes seuls ici. Le ménage va devoir attendre.

Il est temps de battre en retraite et de nous regrouper. Nous avons fait la partie la plus difficile, à savoir couper la tête du serpent, alors s'occuper de son corps agité n'est pas le plus important pour le moment.

Je miaule, puis, me rendant compte qu'il ne peut pas me comprendre, je fais simplement volte-face et cours vers la sortie au milieu de la mare de sang, sans tenir compte des morts qui nous fixent.

ÉPILOGUE

Notre famille nous attend devant notre nouvelle maison. Bethany, Benjamin, Lily, Lennox et Ryker. Le temps où j'étais seule est bien loin.

De l'extérieur, le chariot a l'air petit, surtout avec tout le monde devant, qui nous regarde avec attention. Au moins, le lit devrait être assez grand pour quatre ; je ne peux pas dormir sans arrêt sur l'un d'eux.

Ils attendent des réponses, bien sûr, et je laisse Gryphon s'en charger tandis que je reprends forme humaine. Il leur raconte la version courte : sa captivité tandis que je servais de moyen de pression pour qu'il se comporte bien, et la façon dont il a réussi à gagner leur confiance quand ils ont découvert qui est sa famille ; la manière dont il les a prudemment incités à former un plan dans lequel il serait l'appât, tandis qu'il apprenait à ne fermer que partiellement un collier.

Je ne l'écoute que d'une oreille, trop occupée à retirer des éclats d'os coincés entre mes dents.

Ryker ricane quand il me voit essayer de me débarrasser du sang sous mes ongles.

— Kat, tu as besoin d'une bonne douche.

Pendant que les employés de *Miaou* nous préparent à manger, je m'enferme dans la salle de bains avec Lennox et Ryker. Ils semblent vouloir s'assurer que je n'ai pas de sang dans les cheveux, sur les seins, entre mes jambes… Ils vérifient tout mon corps de la tête aux pieds à plusieurs reprises. Leurs doigts courent sur ma peau, m'amenant à des sommets qui se transforment en concert de gémissements quand je leur montre combien j'apprécie leur attention.

Quand nous revenons à la cuisine, les cheveux mouillés et vêtus d'une simple serviette, Lily parle à quelqu'un à la porte. Par pitié, faites que ce ne soit personne lié à notre petit massacre à la Meute. J'ai besoin d'une pause et de beaucoup de nourriture.

Lily me fait signe d'approcher, le visage étrangement pâle.

— Kat, tu as de la visite.

Je la dévisage, perplexe. C'est rare de voir Lily aussi agitée. Je la rejoins.

Et je me trouve face à moi-même.

Deux fois.

— Elle nous ressemble vraiment, dit l'une des filles à l'autre.

— Oui. Comme notre jumelle.

— Elle est trop vieille pour être notre jumelle.

— Une sœur aînée, alors.

L'autre fille opine, et toutes deux se tournent vers moi, arborant le même sourire que celui que je vois chaque fois que je prends la peine de me regarder dans un miroir.

— Salut, grande sœur !

FIN

Pour connaître toutes les mises à jour, vous pouvez souscrire à la newsletter de Skye :
skyemackinnon.com/francais.

NOTE DE L'AUTEURE

Miaou, lecteurs fantastiques !

J'espère que vous avez pris autant de plaisir à lire *Attrape-chat* que j'en ai eu à l'écrire. Kat est sans doute mon héroïne préférée. J'aimerais être comme elle, d'une certaine façon. Sans le problème de chaleurs. Ce n'était pas vraiment prévu, à vrai dire, et ça m'a surprise, et en même temps, rien n'est prévu dans cette série. Kat ne me laisse pas m'accrocher aux idées que j'avais pour elle. Elle voulait être en chaleur (en quelque sorte), alors c'est ce qui s'est passé. Je n'avais pas l'intention de rendre ce tome aussi torride, mais encore une fois, c'est elle qui l'a voulu. Si vous préférez l'urban fantasy moins sexy, vous m'en voyez désolée. Si vous êtes venus pour le sexe, j'espère que ça vous a plu.

Cette série était censée être une trilogie, mais bien sûr, Kat a décidé qu'elle en voulait plus. Elle est égoïste, vous voyez. Je me retrouve donc à écrire un nouveau *cliffhanger* (ouiiii !) et à demander à ma conceptrice de faire encore une magnifique couverture, la quatrième. Attendez de la voir, elle est superbe.

Les couvertures, c'est ce que je préfère dans les livres. J'en paie certaines à des designers, j'en crée certaines moi-même, et d'autres sont faites par ma très chère amie et co-auteure Arizona Tape (sous le pseudo de Vampari Designs). C'est par une couverture qu'une série commence. Un jour, je suis tombée sur cette magnifique couverture d'une rouquine et d'une panthère. En tant que fan des deux, des félins et des roux (malheureusement, c'est ma sœur qui a hérité de ces gènes-là, ne me laissant que le châtain sans intérêt), j'ai su qu'il me la fallait, même si je n'avais pas encore d'histoire à ce moment-là. D'abord, je me suis dit que la panthère pouvait être l'amie de la femme, mais plus j'y pensais, plus j'ai réalisé que je voulais vraiment une héroïne avec des caractéristiques de félin. Voilà comment *Chat perché* est né.

C'est étrange de se dire que c'est une simple image qui a déclenché tout ça... de même que mon amour pour les chats. J'en avais deux, Muffin et sa fille Lily (aussi connue sous le nom de Crevette, puisqu'elle n'a jamais atteint une vraie taille adulte), aussi félines qu'on peut le penser. Des reines arrogantes qui voulaient être gâtées, qu'on soit aux petits soins pour elles, mais aussi qu'on les laisse tranquilles quand elles ne voulaient pas s'embarrasser d'humains.

En un rien de temps, Lily s'est retrouvée dans ce livre en tant qu'humaine (enfin, succube). Muffin aussi, mais son nom ne convenait pas, alors je l'ai glissée en quelqu'un d'autre... Je me demande si je devrais vous dire qui c'est. Oui ? Hummm... Disons qu'elle n'est ni un être humain ni un chat.

Au fait, j'adore recevoir tous vos messages, vos mèmes félins et vos critiques des Assassins à Moustaches. Continuez, elles sont de l'herbe à chat pour moi. Chaque fois que vous laissez une critique ou recommandez ce livre à vos amis, Kat ronrrrrronne. Sans doute. Elle est peut-être aussi trop occupée avec ses hommes, maintenant qu'ils sont tous réunis.

Quoi qu'il en soit, je voulais vous remercier de continuer à suivre cette série. En lisant mes livres, vous me permettez non seulement d'écrire à plein temps (et donc de vous fournir d'autres livres), mais aussi de nourrir mes lapins (qui sont presque comme des chats) et de me ravitailler en mangue séchée. J'en ai besoin pour écrire, en plus du thé en quantité bien trop industrielle (mais avec du lait, évidemment, je ne suis pas une psychopathe).

Si vous cherchez d'autres livres à ajouter à votre pile à lire, baladez-vous sur ma liste de livres. Je ne sais pas d'où ils viennent. J'ai l'impression qu'ils apparaissent de nulle part. Et traquez-moi sur les réseaux sociaux, j'adore avoir de vos nouvelles.

Avec tout mon amour,
Skye

À PROPOS DE L'AUTEURE

Skye MacKinnon est auteure de best-sellers. Ses livres racontent l'histoire d'héroïnes qui n'ont pas d'autre choix que de s'impliquer.

Elle revendique avec fierté son héritage écossais, utilisant les fantastiques décors de son pays et une pointe de mythologie, que ce soit pour parler de dieux celtes, de chats métamorphes ou des rues d'Édimbourg.

Lorsqu'elle ne se trouve pas dans son café préféré pour écrire ses livres, Skye adore la mangue séchée, ainsi que les thés exotiques, dont elle a rempli son placard jusqu'à ce qu'il n'en rentre plus aucun sachet. Ce qu'elle aime par-dessus tout, c'est être recouverte des poils de son chat démoniaque.

skyemackinnon.com/francais